El Club de las ZAPATILLAS ROJAS

M

El papel utilizado para la impresión de este libro ha sido fabricado a partir de madera procedente de bosques y plantaciones gestionadas con los más altos estándares ambientales, garantizando una explotación de los recursos sostenible con el medio ambiente y beneficiosa para las personas. Por este motivo, Greenpeace acredita que este libro cumple los requisitos ambientales y sociales necesarios para ser considerado un libro «amigo de los bosques». El proyecto «Libros amigos de los bosques» promueve la conservación y el uso sostenible de los bosques, en especial de los Bosques Primarios, los últimos bosques vírgenes del planeta.

Decimocuarta edición: octubre 2015

Printed in Spain – Impreso en España

ISBN: 978-84-8441-081-2
Depósito legal: B-22.372-2013

Compuesto en Compaginem Llibres, S. L.
Impreso en Limpergraf (Barcelona)

GT 1 0 8 1 2

Penguin
Random House
Grupo Editorial

ANA PUNSET

El Club de las Zapatillas Rojas

Ilustraciones de **Paula González**

montena

I

Justo lo que quería

A Lucía solo le quedaba por abrir un regalo de Navidad, pero cuando lo hizo no se lo podía creer: ¡unos zapatos de color violeta con tacón envueltos en papel plateado! Imaginó que serían de parte de Lorena, la mujer de su padre, él no podía tener tanta imaginación, así que le dio las gracias con la mirada. Al fin podría mirar a los demás desde una estatura más que aceptable, y caminar moviendo las caderas igual que hacían las famosas en la tele, como si fuera lo más normal del mundo. Tenía doce años, pero con esos tacones conseguiría aparentar alguno más. Sí, por una vez, Lorena se lo había currado. Llevaba casada con su padre desde hacía mucho y casi nunca conseguía sorprenderla…. Quizá podría lucirlos el próximo día que quedara con las chicas para ir a dar una vuelta por el centro comercial o al cine, a ver la última del buenorro de Mario Casas. Aun así… ¡no era lo que más quería que le regalaran! Lo que más deseaba lo había subrayado en su carta con todos los rotuladores de colores que guardaba en el cajón de su escritorio. Sí, a pesar de que ya no era una niña pequeña, continuaba haciendo carta de Reyes, una de las ventajas de ser hija de padres divorciados: así se repartían los regalos entre ellos y no había peleas (o había menos de las que podrían).

A lo que iba… No entendía por qué no estaba debajo de ese árbol lo que más le importaba de toooda la carta. Cuando vio que su madre no se lo regalaba en Nochebuena después de la comilona, había dado por hecho que el regalo en cuestión habría ido a parar a la parte que le tocaba a su padre y que se lo daría la noche de Reyes… Pero parecía que NO, su padre no se enteraba... Arrugó la nariz pequeña y chata y miró por todas partes en busca de otra caja que pudiera servir. La esperanza es lo último que se pierde, dicen.

¿Y si…? Lucía desvió sus ojos hacia Aitana, el fruto del amor de Lorena y su padre. Con solo seis años, era un auténtico terremoto. Muy bonita, eso sí, con sus rizos dorados y sus mejillas rosadas, pero lo que mejor se le daba era destruir las cosas de su hermana mayor. La pequeñaja estaba a los pies del árbol de Navidad rompiendo envoltorios cual trituradora. Y justo debajo de los papeles estrujados había un paquete que se le había escapado a Lucía: iba envuelto en papel de color rojo, no el típico infantil que tenían los demás regalos de la niña. ¡LO SABÍA! Esa caja tenía que ser suya, no podía ser de otra manera... Lucía se puso en pie de un salto, pero entonces vio como Aitana estaba a punto de coger ese regalo para arrasar con él como lo había hecho con los otros. En tres zancadas (más bien cortas porque sus piernas no daban para mucho) se plantó frente al regalo, apartó a su hermana de un empujón y se puso de rodillas para protegerlo. Aitana rompió a llorar enseguida, como solía cada vez que no le dejaban hacer lo que quería: la trataban como si fuera la reina de la familia.

—¡Lucía! —replicó Lorena con su voz de «en esta casa se hace lo que yo digo».

Mientras su padre se mantenía sentadito y callado en una de las butacas que rodeaban al árbol, ella iba de aquí para allá haciendo fotos emocionadísima. También daba órdenes, para variar:

—¡Pídele perdón a tu hermana!

«¿¿¿Mi hermana??? Esa niña mimada no es mi hermana», se dijo para sí Lucía. Con las luces del árbol dándole en toda la cara, Lorena se veía más congestionada de lo normal y había cosas que era mejor pronunciar por lo bajini. Ignoró la regañina y se concentró en ese paquete, su última esperanza. Efectivamente, en la tarjeta que colgaba de él ponía su nombre en mayúsculas, bien claro:

Sí, ¡esa era su caja! Y por muy útiles que le fueran los demás regalos, ninguno significaba tanto en ese momento: ni la maleta de maquillaje de Pucca, ni el maillot de ballet, ni el iPod, ni el diario. Rezó para que aquella caja guardara lo que ella quería.

Como si fuera un auténtico tesoro, Lucía abrió con mucho esmero el envoltorio: retiró primero un extremo lentamente y después el otro. Se contuvo de arrancarlo todo de un tirón para disfrutar cada segundo de aquel momento. Al quitar el último celo y deshacerse del papel, se encontró con una sencilla caja de cartón. La abrió con las dos manos como si fuera un frágil cofre de cristal y, al ver lo que contenía, de su boca surgió un grito de alegría que les asustó a todos.

—¡¡¡Síííííííííííí!!!

Su padre, Lorena y Aitana se la quedaron mirando cada uno a su manera. La niñata ya había acabado de llorar y tenía la boca abierta, enseñando el polvorón que su madre le había dado para contentarla. Pensarían todos quizá que Lucía estaba completamente chiflada... ¿ponerse así por eso? Pero su padre le preguntó si le gustaba el regalo desde la butaca, y en su cara se notaba que se alegraba de verdad por verla así de emocionada.

Lucía le respondió con una sonrisa que iba, literalmente, de una oreja a la otra, y un asentimiento exagerado... ¡Claro que le encantaba!

Estaba tan contenta que hasta le dio un abrazo a Aitana. Al fin y al cabo, la niña tampoco había hecho nada malo, por lo menos no había llegado a tocar lo que era suyo, que ya es mucho. Recogió todos los regalos para ponerlos en un rincón y tirar los papeles. Después estuvo un rato haciendo de hermana mayor para que no hubiera quejas: jugó con Aitana a las cajitas y le preguntó por los nombres de sus muñecas. Cuando creyó que ya era suficiente, se fue a su habitación cargada de todos los paquetes. Quería saber si era la primera en anunciar su nueva adquisición en esa noche de Reyes...

LUCÍA
LUCÍA
ballet

2
¡En marcha!

Lucía encendió la luz de su cuarto, chutó el puf de espuma y se sentó frente al ordenador, que permanecía encendido casi el día entero cuando ella estaba en casa. Era su manera de estar siempre conectada con las chicas.

«Plan zapatillas rojas en marcha», escribió en su estado del Tuenti, junto a una foto bastante buena en la que aparecía recién salida de la peluquería: flequillo perfectamente recortado y recto justo por encima de las cejas y melena pelirroja sin puntas debilitadas.

Sentada en su silla con respaldo flexible, esperaría a que respondieran Frida y Bea. Marta era la única que ya tenía unas zapatillas rojas y no necesitaba pedirlas por Navidad.

Lucía estaba emocionada con el plan que habían ideado, se sentía como si estuviera a punto de hacer un viaje y tuviera que planear todo lo que debía meter en la maleta. Se dio cuenta de que no podía estarse quieta en esa silla hasta que las demás dijeran algo. Eso no era lo suyo. Miró a su alrededor buscando algo con que entretenerse. La verdad era que su padre y Lorena le habían montado una habitación alucinante: le habían pintado las paredes de color violeta, su favorito, y su padre le había puesto un corcho enorme justo detrás de la cama para colgar lo que quisiera. Lo tenía bien aprovechado con un montón de fotos de sus amigas y recortes de revistas, como el de las dunas de Egipto, a donde le gustaría ir algún día. Su cama no era de las grandes, pero le encantaba la colcha a juego con las paredes y la lámpara del techo.

Cogió el diario que acababan de regalarle, colocó las zapatillas nuevas en la mesa y, con el carboncillo, comenzó a dibujarlas en la primera página en blanco.

La idea de que todas consiguieran esas Navidades unas zapatillas rojas había surgido hacía pocos días para responder con hechos a la horrible tragedia de que Marta se marchara a vivir fuera... ¡justo después de Reyes! La noticia las dejó a todas sin palabras. Incluso Frida, la cotorra de la pandilla, se quedó muda. Llevaban juntas desde primero de primaria (¡y ya estaban en primero de ESO!) y Marta sería la primera en separarse del grupo de amigas. La cosa era que a su madre, que era alemana, le habían ofrecido un fantástico trabajo en Berlín y se llevaría consigo a toda la familia. De hecho, ella ya se había marchado el mes anterior para empezar a organizarlo todo, pero había regresado durante las fiestas para pasarlas todos juntos en Barcelona.

A Lucía le costó un montón asumir que el viaje de su amiga no sería temporal. Quizá no volvía a vivir en la misma ciudad que ella nunca más… Por eso se habían dedicado a aprovechar todo el tiempo que les quedaba de estar juntas antes de que llegara el fatídico día: viendo todas las pelis que Marta se perdería; comiendo todas las napolitanas de chocolate que Marta no volvería a catar; probándose todos los modelitos de las tiendas que no volvería a pisar; oliendo el mar y caminando por la arena que en Berlín no encontraría… Y como todo eso no era suficiente, Lucía y las demás habían planeado montar un club de amigas inseparables. El objetivo: que, a pesar de todos los kilómetros que las separaran, su amistad se mantuviera intacta. Ese club las mantendrías tan unidas como lo habían estado siempre, hablando a diario, compartiéndolo absolutamente todo, siendo las mejores amigas.

También había ayudado a decidirlas lo sucedido entre Marta y Julia (su tutora y profesora de lengua). Marta vivía cerca de donde estaba el colegio e iba y venía siempre an-

dando. Una mañana, había tenido que ir al colegio en zapatillas porque llevaba varios días diluviando y los zapatos del cole no se le habían secado. Las zapatillas eran de color rojo, su favorito. Sin embargo, al verla llegar, la Urraca (como también era conocida Julia por su vestimenta negra y su voz irritante) la paró a la entrada y le prohibió entrar.

—¿Dónde están los zapatos azules del uniforme? —se ve que le preguntó.

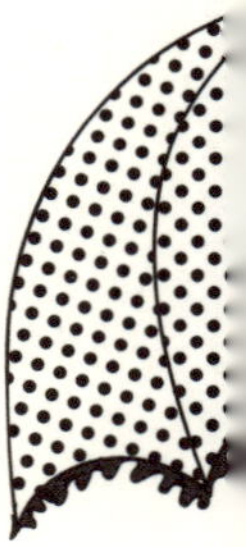

—Pues... en casa —respondió ella recogiendo su paraguas blanco de topos negros—. Están empapados por la lluvia, profesora.

—Eso no es asunto mío. Así no puedes entrar en clase —gruñó la Urraca estirada como un palo.

—Pero profe, ¡voy a agarrar un resfriado de cuidado! —se quejó Marta. A la pobre todavía le caían gotas de lluvia por su pelo rubio casi blanco.

—Me da lo mismo, Marta. Así no puedes entrar. Ya sabes que deberías tener por lo menos dos pares de zapatos para el uniforme. Díselo a tus padres de mi parte —insistió la profesora levantando el dedo en el aire. Llevaba siempre las uñas de un color rojo intenso que recordaba a la sangre y les ponía a todas los pelos de punta.

—Pero es que ese es el problema, profesora. Mi madre se ha ido a Alemania y ahora solo estamos aquí mi padre y yo.

—Eso no tiene nada que ver con los zapatos...

—¡Sí tiene que ver, porque se ha llevado a la nueva casa casi todas mis cosas, también los otros zapatos!

La tutora se la quedó mirando muy seria antes de volver a hablar. Se notaba que no le gustaba nada que le llevaran la contraria y su cara se estaba volviendo del color de las granadas.

—No me levantes la voz, bonita. —Volvió a señalarla con ese dedo amenazante—. Vete a casa y ponte, si es preciso, los zapatos mojados. Y cuando regreses ven a buscarme al despacho que te pondré un trabajo extra, a ver si así aprendes a callarte cuando tienes que hacerlo.

Lucía llegaba al colegio justo en ese momento y solo vio cómo Marta apretaba la boca fuerte y se marchaba otra vez bajo la lluvia. Marta les contó luego que tuvo que enfundarse los zapatos con las plantillas chorreando y regresar al colegio con un horrible chof chof a cada paso. La Urraca le hizo escribir en una cuartilla cien veces «No responderé a mi profesora», como si estuviéramos en la época de cuando nuestras madres iban al colegio. ¡Qué anticuado, por favor! Esa misma noche, a Marta le subió la fiebre un montón. Tan grave fue que estuvo los últimos días de clase en cama con gripe y por poco se pierde la obra de teatro que su curso había preparado para la fiesta de Navidad. Se trataba de la última representación que harían todas juntas, *Cuento de Navidad*, de Charles Dickens, y Marta tenía un papel fundamental, porque hacía de fantasma del pasado.

Total, que la primera tarde de esas vacaciones navideñas nació la idea. Estaban las cuatro charlando sobre el viaje de Marta y, al ver sus zapatillas rojas, Lucía creyó que podían ser un buen sello representativo para el club que querían montar.

—¿Por qué no pedimos unas las demás para Navidad? —propuso.

Frida fue todavía más allá:

—¡Eso, eso! Y, al acabar las clases, nos quitamos las merceditas azules y nos las ponemos delante de las narices de la Urraca.

La idea tuvo muy buena acogida. ¡Ya se preocuparían de que las viera bien la tutora!

—A ver si le cambia esa cara de pajarraco seco —había dicho Lucía.

Varios sonidos seguidos en los altavoces del ordenador le hicieron levantar los ojos de su dibujo: tanto Frida como Bea habían escrito también en el Tuenti que ya tenían en su posesión las zapatillas rojas. Marta cerró el grupo añadiendo:

«¡QUE EMPIECE LA FIESTA!»

a lo que le siguieron varias caritas sonrientes de las demás. 

Lucía se sentía ansiosa porque llegara el día siguiente: después de comer, se reunirían todas las amigas en la fiesta de despedida que daba Marta en su casa. Pero lo que importaba realmente era que todas querían aprovechar para demostrarle a Marta que la distancia no podría con su amistad. Le habían preparado un álbum de tapas rojas con fotos y recortes de todos los grandes momentos que habían pasado juntas para que pudiera llevárselos a su nueva casa y recordarlos siempre que quisiera.

De pronto, a Lucía se le ocurrió algo... podía completar el álbum con el dibujo que estaba haciendo, así incluiría también las zapatillas rojas que ahora eran su sello de distinción. ¡Eso sería perfecto!

Pero si quería acabarlo a tiempo debía darse prisa. Cogió el lapicero rojo y comenzó a colorear el dibujo: movimientos rápidos para dar textura primero, y suave difuminado con los dedos para dar brillos después. Dibujar conseguía trasladarla a otra galaxia en la que solo existían ella y sus pensamientos, era lo más relajante cuando necesitaba desconectar. Nunca había ido a ninguna academia para que le enseñaran la técnica (como con el ballet), sino que ella sola, desde siempre, se había dedicado a representar lo que llamaba su atención o, simplemente, lo que tenía en la cabeza. Dibujar era para ella algo natural.

Cuando terminó con las zapatillas, se metió en la cama pensando en las ganas que tenía de ver a sus amigas y enseñárselas. Estaba tan excitada que le costaría conciliar el sueño. Sin embargo, no se enteró de nada cuando su padre entró en la habitación un rato después para desearle dulces sueños y besarla en la frente, como hacía muchas noches.

3
Nuestros diez mandamientos

Lucía fue la última en llegar a casa de Marta y le sorprendió lo grande que se veía sin muebles ni decoración. En el comedor, solo había las cuatro cosas para el pica-pica en una mesa de camping y cuatro guirnaldas para que no pareciera tan vacío.

Entre padres, vecinos y amigos, había una quincena de adultos charlando animados y comiendo canapés. Pero Marta solo las había invitado a ellas: no era una celebración, era una despedida.

Lo primero en lo que se fijó Lucía al verlas fue en que llevaban puestas sus zapatillas rojas, tal como habían acordado. Asintió con la cabeza, como para dar su visto bueno, y todas la imitaron comprendiendo y se fueron al cuarto de Marta para estar más tranquilas (no sin antes coger buenas provisiones para su merienda). Verlo tan vacío, sin sus pósters de Taylor Lautner y de Justin Bieber colgados en la pared, sin todas las novelas que solía tener en las estanterías, Lucía sintió una especie de caída al vacío. Se acordó de golpe de que el principal motivo que las llevaba a estar a todas allí ese día era triste: una de las amigas inseparables se marchaba y no la volverían a ver en mucho tiempo.

Frida se acercó a ella con poco disimulo y le susurró al oído:

—¿Lo has traído?

A lo que Lucía respondió asintiendo, con la boca llena de ganchitos y señalando el bolso bandolera de rayas tricolor que colgaba de su hombro.

Se sentaron todas en el suelo sobre unos cojines, y cuando Bea se quitó los zapatos Lucía se fijó en que sus calcetines eran de color gris.

—¿Son nuevos? —le preguntó. Sabía perfectamente que Bea escogía los calcetines en función de su estado de ánimo. Ésa era una de sus muchas peculiaridades...

—Sí, me he hecho con una colección entera de grises para estos días —resolvió Bea con una sonrisa torcida.

—¡Así no se notará si llevas siempre los mismos! —bromeó Frida.

Las demás se rieron y alguna dijo que el olor a queso la delataría.

—¡A mí mi madre me ha regalado un jersey ajustado que me marca un poco! —bromeó Frida llevándose las manos al pecho casi plano.

Todas se echaron a reír y Marta casi se cae de espaldas. Frida era la que menos curvas tenía de todas y también la menos presumida: casi siempre llevaba el pelo recogido en una cola de caballo y le gustaba vestir con ropa deportiva.

—Pues a mí, Lorena, mis primeros zapatos de tacón —anunció Lucía, convencida de que sus amigas alucinarían con la noticia.

—¡¿Qué?! ¡Serás guaaaaaarri! —exclamó Marta, y se unieron después todas.

—¿Se los vas a enseñar a tu madre? —preguntó Bea a Lucía recuperando un poco el tono serio.

—No lo sé —Lucía apretó la boca—: Esta noche duermo en su casa, pero quizá los deje en casa de mi padre. Por si acaso.

—Yo que tú escondía los zapatos para cuando esté de MUUUUY buen humor —resolvió Marta alargando la palabra «muy»—. Si se entera de que te los ha regalado Lorena seguro que les encuentra alguna falta...

Marta no iba desencaminada con lo que podría suceder, pues su madre no soportaba que Lorena se entrometiera en su vida o hiciera cosas que ella no aprobaba. Resultado: que cada dos por tres sus padres discutían a grito pelado por teléfono, porque pocas veces se veían. Aunque el volumen de sus voces llegaba a hacerse tan altísimo que no hacía falta auricular, ni teléfono, ni nada.

Lucía sacudió su larga melena pelirroja mientras resoplaba haciendo bastante ruido para que las demás se dieran cuenta de que no le apetecía hablar de las historias de su familia. Era la única de las cuatro que tenía dos casas, cada una en una punta de Barcelona, y a veces se hacía un lío, la verdad. Odiaba cuando se equivocaba al hacer la bolsa para el fin de semana y se llevaba al piso de su padre un modelito que para nada pegaba con el plan que le salía el sábado. En esos casos (repetidos quizá demasiado), tras explicar con mucha paciencia a su padre que nada de lo que contenía su armario de allí servía, le obligaba a acompañarla de buena mañana a casa de su madre para coger la camiseta o la falda que necesitaba desesperadamente. Sin embargo, lo de las dos casas también tenía sus ventajas. Por ejemplo, podía tener muchas más cosas y se ahorraba hacer limpiezas de temporada porque tenía más espacio donde meterlas. Cuando su madre comenzaba a quejarse de que no le cabían los abrigos en el armario cogía unos cuantos y se los llevaba a la casa de su padre, donde siempre encontraba un hueco. Aunque también implicaba riesgos... No sería la primera vez ni la última que su madre ponía el grito en el cielo al pillarla con algo puesto que SUPUESTAMENTE había tirado en el contenedor de ropa hacía siglos. Sí, era bueno tener un sitio en el que esconder todo lo que su madre no quería que tuviera. Y es que, aunque delante de ella jamás lo reconocería, no había duda de que la habitación que más le gustaba era la de casa de su padre. Él le permitía colgar lo que quisiera en las paredes con tal de que estuvieran a su gusto, de ahí el corcho kilométrico. Su madre, a lo más que había llegado, era a colgar el cuadro de una bailarina sobre el blanco inmaculado.

La mayor parte del tiempo, Lucía vivía con su madre y su marido, José María. Siempre le decían que se habían enamorado gracias a ella: él era el *maître* del restaurante donde celebraron su primera comunión y se pasó la comida dedicándole miraditas tontas a su madre. ¡Pero si incluso su abuela Agustina se dio cuenta!

Tampoco es que Lucía no viera a su padre, ni mucho menos, pues él la recogía a veces en el colegio y también pasaba en su casa todo el finde cada dos por tres. Al final, parecía que tenía una familia mucho más grande que la de sus amigas.

—¡Chicas! Hablando de regalos… —anunció Frida dándole un codazo a Lucía para que despertara de su ensoñación. Sacó el álbum de fotos y recortes que le habían preparado a Marta.

—Esto es para ti. Para que no nos olvides en Berlín.

Marta se abalanzó sobre él y lo abrió rápidamente. En la primera página estaba el dibujo que Lucía había hecho de las zapatillas rojas. Todas exclamaron al unísono: «¡im-pre-sio-nan-te!», como si lo tuvieran ensayado. Pasaban tanto tiempo juntas que a veces parecía que tenían telepatía.

—Ya me gustaría a mí tener tu arte... Así sacas siempre sobresalientes en plástica... —habló Bea.

—Anda, y me lo dices tú, madame violín —respondió Lucía.

—Eso es diferente...

Bea se puso colorada en el acto. Lucía admiraba la fuerza de voluntad de su amiga, que llevaba tocando el violín desde que tenía cinco años. Casi había aprendido a leer música antes que palabras y era la primera de su clase en el conservatorio.

—¡Ya estamos con la modestia de las artistas! —las chinchó Frida.

Ellas protestaron y Marta se quejó de que no la dejaban mirar el álbum con tranquilidad. Quería que lo hicieran juntas y todas acabaron callándose. Al pasar la primera página, apareció una foto de las cuatro amigas posando delante de una pared llena de grafitis.

—¡Esta foto es buenísima! Todas salimos bien, y yo, por una vez, no parece que esté en Babia... —soltó Bea.

Se la habían hecho el verano anterior, el primer día de vacaciones después de obligar a un desconocido a repetirla como veinte veces. Marta salía de su perfil bueno, como ella lo llamaba, con toda su melena rubia echada a un lado y mirando seductora a la cámara para que se viera lo azules que eran sus ojos. Frida ese día había prescindido de coletero: se acababa de cortar el pelo y le llegaba justo por los hombros. Su *look* siempre era el más deportivo, incluso cuando iba arreglada no faltaba una prenda Adidas o Nike. Bea llevaba unos tejanos azules de pata ancha y su camiseta blanca del corazón flechado, un poco hippie, la verdad. Aunque no se veían los calcetines, Lucía se acordaba bien de que ese día eran de color verde, como sus ojos. En la foto, Lucía vestía su inconfundible minifalda tejana, porque parecía que así sus piernas se veían más largas. Aun así, se notaba a la legua que era la más bajita de todas.

—Me encanta... Parecemos un grupo de música pop —declaró Marta pasando a la siguiente página.

En ella, un montón de portadas de algunas películas que habían visto juntas: *Camp Rock*, *A tres metros sobre el cielo*, *Los juegos del hambre*... algunas de Harry Potter (aunque el mago con su varita ya no les hacía tanta gracia)...

Después vino otra pági-

na con imágenes de todas ellas por separado: Lucía en un festival de danza con su tutú blanco en plena pirueta; Bea en un concierto de violín, toda concentrada en su partitura; Frida con su equipo de voleibol dando saltos con los brazos en el aire mientras celebraba una victoria; Marta enfrascada en la lectura de uno de los tochos que le gustaba leer…

Marta empezó a sorberse la nariz como si estuviera a punto de llorar. Al darse cuenta, Frida, decidió cortarlo de raíz cerrando el álbum.

—Yo creo que es mejor que lo sigas viendo cuando te hayas ido. Si no te vas a cansar de ver las mismas fotos una y otra vez…

—¡Frida! —le echó la bronca Lucía por su falta de tacto.

Cuando Frida puso cara de no saber a qué venía el rapapolvo, Marta se limpió la nariz y le dio la razón:

—¡Es verdad! Ahora lo que toca es hablar de nuestro club.

Todas asintieron.

—Habría que pensar en unas reglas... —respondió rápida Frida—. Todos los clubs tienen. Nosotras en voleibol cumplimos un montón…

Lucía se pidió apuntar y sacó de su bolso el diario que le habían regalado por Reyes. Abrió la primera página en blanco y comenzó a escribir con un bolígrafo violeta, tan concentrada que le asomaba la lengua sin darse cuenta:

Las 10 reglas de oro del Club de las Zapatillas Rojas

Sí, serían diez porque parecía un número importante y redondo, como los diez mandamientos o las diez mejores pelis del año. Y de oro, porque eran muy valiosas. Todas aprobaron la moción y se pusieron a pensar en esas reglas que marcarían cómo mantener su amistad a cientos de kilómetros.

Para variar, fue Frida quien anunció la que sería la norma número 1 del club:

—No nos desharemos nunca de estas zapatillas —dijo.

Lucía apuntó con su mejor letra, tan redonda que las palabras parecían cadenas de gusanos de seda. Mientras, Frida se enrolló explicando que cuando se les quedasen pequeñas tendrían que comprar unas iguales, y después otras, y otras... el resto de su vida. A Lucía le pareció que su amiga exageraba un poco, la verdad, porque ¿qué vieja de setenta años llevaba ese tipo de calzado? Pero apenas le dio tiempo a levantar la mano del papel.

—Norma número 2 —dijo Bea—: a pesar de la distancia, cuando alguna necesite ayuda, las demás acudirán para apoyarla. ¿Verdad?

¡Claro!, esa norma era básica. Lucía no había acabado de apuntarla cuando Marta comenzó a dar rápidas palmadas para captar la atención de todas:

—Norma número 3: entre nosotras nunca han existido los secretos. Así que en cuanto ocurra algo, lo que sea, se comparte.

Todas le dieron la razón y prometieron que, aunque se marchara lejos, seguirían explicándoselo absolutamente todo. Acordaron que se escribirían a diario, enviando fotos de las novedades, y que tendrían el chat de Tuenti siempre conectado por si hubiera algo muy importante que comunicar.

Bea dictó la norma número 4:

—Cuando una tenga ganas de llorar, ¿todas arrimaremos el hombro?

—Ya estamos con los lloros. ¿Y qué pasa con las risas? ¿Cuando tengamos algo gracioso que contar, nos lo guardamos para nosotras porque no es tan importante?

Bea y Frida comenzaron una especie de querella sobre lo importante que era para una y otra no estar solo para lo malo, sino también para lo bueno, porque una risa valía tanto como una lágrima o una lágrima tanto como una risa... ¿O eso era el nombre de una ONG? Ya no sabía... Por lo tanto, norma número 5:

no hacer nunca nada que pudiera poner en peligro la unidad del club. Lucía lo estaba escuchando todo un poco de fondo y tenía la sensación de que no estaba participando casi de aquel reglamento. Empezaba a ponerse algo histérica, así que llamó la atención de todas dando un pequeño grito y pidiendo un momento.

—¡¡¡Por favor!!!

Las chicas se quedaron calladas, sin poder disimular su impaciencia mientras ella terminaba de escribir. Bea se mordía las uñas y Frida se estiraba los dedos de las manos para hacerlos crujir.

Después, Lucía se tomó un momento para pensar la norma número 6. Buscaba la respuesta en el techo de la habitación, que todavía tenía restos de Blu-Tack, y rápidamente la vio:

—El chico que le guste a una de nosotras es sagrado y no le puede gustar a ninguna otra.

No tardaron en surgir voces descontentas con la regla que ella acababa de escoger.

—Eso es una chorrada, ninguna tiene novio —se quejó Frida.

—A mí qué me vas a contar, esta es mi última noche aquí... —la siguió Marta.

—Pensemos otra cosa más... real —sugirió Bea con los ojos muy abiertos.

Lucía sabía que, en realidad, lo que les molestaba un poco a todas era que el chico más guapo de su colegio, Eric, no solo había hablado con ella, sino que era muy posible que pronto le pidiera para salir. Y eso era mucho más de lo que habían conseguido las demás.

—Pues yo sí la quiero —protestó, y les recordó que aquello era una democracia y que todas tenían voto... Ella había aceptado las normas que habían ido saliendo, ¡para una que pensaba ella!

Al final, las cabezas de Frida, Bea y Marta fueron asintiendo poco convencidas y ella escribió, satisfecha, su norma en el diario. Cuando acabó, Bea anunció la siguiente, la número 7:

—Está prohibido criticar a ninguna cuando no esté presente, ¿vale?

—Eso, porque conmigo lo tendríais muy fácil —le dio la razón Marta.

Lucía apuntó, y cuando las demás comenzaban a discutir en tropel pidió una nueva pausa levantando la mano: entre que esa mañana después de la ducha se había ajustado demasiado las pulseras de hilos y que no hacía más que escribir, se estaba quedando sin circulación en la mano. Al final no había sido tan buena idea que fuera ella la que apuntara las reglas… Liberó la muñeca para ver si la sangre circulaba un poco mejor y, cuando estuvo recuperada, volvió al diario.

—Evitaremos cualquier pelea. Antes que eso, se habla del problema —razonó Marta, pues era la que más difícil lo tendría para hablar.

regla número 9

—Y olvidaos de las mentiras —añadió Frida—, ya sabéis eso que dicen de que se pilla antes a un mentiroso que a un cojo...

Lucía hizo un recuento rápido de las reglas que había escrito y se percató de que ya solo faltaba una para llegar a la número 10.

—Solo nos queda una, así que hay que pensarla bien.

Las chicas se miraron en silencio entre ellas. ¿Cuál debía ser esa última norma que cerraría el círculo? Era la última y más importante porque después de ella no habrían más. Frida la escogió, igual que había escogido la primera:

Todas estuvieron de acuerdo. Después de todo lo que habían superado juntas, Alemania solo iba a ser una prueba más. Ellas triunfarían y seguirían unidas *forever.*

Lucía dejó a un lado el diario y se arrastró hasta sus amigas que, como si le leyeran el pensamiento, la imitaron también hasta unirse en el abrazo más fuerte que se habían dado nunca. Ni siquiera Frida, que siempre presumía de ser la más fuerte, se negó. Se prometieron cumplir esas diez reglas de oro del Club de las Zapatillas Rojas, costara lo que costara.

Cuando la madre de Marta apareció en la habitación para avisarlas de que sus padres las reclamaban para volver ya a sus casas, las chicas se pusieron en pie lentamente. Sin soltarse de la mano, caminaron hacia la sala, que ya había empezado a vaciarse de gente. Los vecinos y amigos se habían marchado ya todos, solo quedaban los padres de las chicas, que las miraban con caras comprensivas.

—Ha llegado la hora… —anunció Frida, y la voz le temblaba incluso a ella.

Lucía sentía una opresión en el pecho y unas ganas terribles de llorar. Se miraron, y al instante las cuatro amigas lloraban desconsoladas, abrazadas y sin intención de soltarse.

¿Por qué tenían que dejar marchar a Marta?, pensó Lucía. Si se quedaban agarradas a ella siempre… nadie podría obligarlas a soltarla. Pero sus planes no salieron como ella esperaba, y los padres acudieron a la piña humana que habían montado para separarlas con cuidado y llevarlas hacia la puerta. Empezaban a salir cada una con sus respectivas familias cuando Marta gritó:

—¡Arriba ese Club de las Zapatillas Rojas!

Y todas le respondieron con sus voces congestionadas:

—¡Arriba!

Lucía salía por el portal del bloque y todavía oyó una vez más el grito de batalla. Respondió alzando el brazo.

No paró de llorar durante el viaje en coche a casa de su madre, ni tampoco durante la cena, ni en la cama... Su madre debió de comprenderlo, porque no insistió tampoco en que se comiera los guisantes de la cena o en que la ayudara a recoger la mesa. Solo la dejó llorar hasta quedarse dormida.

4

Peor imposible

El lunes tocaba volver al cole, y si después de unas vacaciones nunca es fácil, esta vez sería todavía más duro. Todo apuntaba a que ese primer día de su nueva vida iba a ser el más nefasto del año que acababa de empezar. La televisión, los periódicos, la gente por la calle… en todas partes se oía hablar de la crisis mundial, y Lucía comprendía que tampoco ella se había escapado: Marta se había marchado y ahora debía enfrentarse a lo que quedaba de año, y los que vinieran, sin ella.

Llegó al cole por la mañana como si la hubiera atropellado un tráiler.

—Buenos días, Lucía. Vaya, por decir algo. No tienes muy buena cara. ¿Te encuentras bien? —preguntó la Urraca al verla entrar en el recinto con su cara de no me mires o te arrepentirás.

—He perdido a una amiga —respondió dramática sin detenerse a hablar con ella.

La tutora sabía de sobra que Marta se había marchado, ¿es que acaso se estaba recochineando?

Un poco más adelante, ya dentro del edificio de secundaria, en el pasillo junto a las escaleras, estaban Bea y Frida. Las dos tenían una cara igual que la suya, pero no debían de saberlo porque nada más verla llegar se acercaron a ella:

—Das miedo —dijo Frida.

—Pues mira que tú... —respondió Lucía, y comenzaron a subir en silencio las escaleras que las llevaban al segundo piso.

El primero estaba dedicado a la recepción y la sala de profesores, los laboratorios, los talleres y las salas de ordenadores; en el segundo estaban las aulas de ESO y en el tercero las de bachillerato, música y arte. Los despachos de los profesores se distribuían entre los tres pisos. En los otros edificios del recinto estaban las aulas de los peques, el comedor, la biblioteca, el auditorio y el gimnasio.

Las chicas arrastraban los pies y doblaban las rodillas a velocidad de tortuga. Si alguno de la multitud de alumnos que pasaban por su lado cual manada las hubiera empujado escaleras abajo en ese momento, no hubieran opuesto resistencia alguna. Cuando llegaron al segundo piso, tan agotadas como si acabaran de hacer el Everest, Lucía descubrió que Eric ♡ pasaba justo en ese momento por delante de ellas con sus amigos. Iba en dirección a su clase y ella quería evitarlo, así que se dio la vuelta y bajó varios de los escalones que acababa de subir.

—¡No quiero que me vea con esta cara de muerta! —confesó cuando Frida le preguntó qué estaba haciendo.

Eric tenía el pelo liso y tan rubio que en verano se le ponía casi blanco, y le llegaba a medio cuello. Sus ojos eran de un verde que le recordaba a la piedra del anillo que le había dado en herencia su abuela Agustina cuando cumplió los diez años, aunque le fuera tan grande que le cupieran dos dedos en lugar de uno.

—¿No os recuerdan a las esmeraldas? Este chico tiene ojos de hipnotizador... da miedo —susurró Bea, que parecía recelosa porque ella también tenía los ojos verdes, aunque más claros.

Lucía supo que le había leído la mente, así que no le molestó el comentario de su amiga. Esmeralda o no, Eric era perfecto, y también era el chico con el que solía soñar desde que se conocieran un poco mejor en los ensayos de la obra de teatro del festival de Navidad.

Todo empezó cuando la Urraca repartió los papeles y cargos entre los alumnos de primero. Lucía tuvo suerte y le tocó hacer del fantasma del presente, un papel importante, pero entre las tres clases del curso sumaban tantos alumnos que algunos no habían tenido más remedio que construir los decorados y quedarse sin salir en la obra. A Eric, como tenía un gran talento teatral, le dieron el papel del protagonista, el señor Scrooge. Durante los ensayos, Lucía descubrió cuánto le gustaba... Sentía mariposas en el estómago cada vez que él la miraba o le hablaba, aunque fuera diálogo de la obra, y cuando después de decir sus líneas él la felicitaba con una palmadita en el hombro, se quedaba como paralizada. El día que le ofreció su mano para ayudarla a bajar del escenario ya fue lo más: notó cómo la cabeza empezaba a darle vueltas y pensaba que se iba a desmayar en cualquier momento.

El día del festival, la representación fue de maravilla, y cuando terminó ambos coincidieron en la sala que hacía las veces de guardarropa para coger los abrigos y volver a casa. Estaban completamente solos. Lucía se había quitado ya todo el maquillaje y la ropa blanca en los vestuarios, se había soltado la melena y puesto sus tejanos ajustados con un jersey negro de manga larga que enseñaba los hombros, así que se sentía bastante guapa. Tras coger su abrigo, Eric se acercó a ella y le dijo que había hecho muy bien de fantasma del presente, y ella le respondió que él también del señor Scrooge, y después los dos se quedaron callados sin moverse. Lucía notaba cómo el corazón se le iba a salir del jersey y tuvo miedo de que él pudiera verlo. Entonces Eric le dijo que tenía que decirle algo importante, pero en ese momento... JUSTO EN ESE MOMENTO, entró Jaime, el mejor amigo de Eric, que venía a buscarlo para ir a comer unas pizzas en la esquina. ¡Como si tuviera un radar! Eric se despidió de ella y se marchó con su amigo, como si fueran el punto y la i, porque Eric era bastante alto y Jaime más bien chiquitín (aunque algunas lo encontraran guapo). Esa había sido la última vez que se habían visto cara a cara. Desde entonces, Lucía no había podido dejar de pensar en lo que sería eso que quería decirle Eric, en todas las posibilidades que existían: quizá que le gustaba y quería salir con ella, pero también podía ser que necesitara su ayuda en alguna asignatura, aunque eso no tenía mucho sentido porque Lucía no era lo que se dice una empollona...

La voz de Frida la trajo de vuelta a las escaleras de la escuela de ese primer día del resto de su vida. Parecía que Eric y sus amigos se habían metido ya en su clase, así que todas retomaron su camino y recorrieron el pasillo hasta la puerta de la suya.

—¿No has hablado con él en todas las vacaciones? —preguntó Frida, hambrienta de información.

—No. Creo que se iba a esquiar con sus padres a Baqueira —respondió Lucía.

—Y ¿por qué no le has escrito para ver qué tal se lo ha pasado? Lo tienes en el Tuenti, no es tan difícil —insistió Frida.

—Eso lo tendría que hacer él, ¿no? —se quejó Lucía.

La verdad era que se metía cada dos por tres en su perfil para ver sus fotos y los comentarios que iba poniendo —tampoco era lo que se dice… expresivo—, pero de ahí a escribirle había un trecho.

—Pues si lo evitas no sé cómo va a decirte esa cosa tan importante... —volvió Frida a la carga.

«Riiiiiiiiiiiiiing».

El timbre sonó interrumpiendo la conversación y las chicas acudieron rápidamente a sus aulas, que estaban a distintos lados del pasillo.

Lucía iba con Frida a la clase de primero A, mientras que a Bea la habían enviado a la C, que resultaba ser la misma de Eric y que estaba justo en frente de la A, al otro lado del pasillo. Ese era el primer año que no estaban todas en la misma clase. Aunque le había costado acostumbrarse, con el tiempo a Lucía ya no le parecía tan raro. Total, seguían pasando juntas los recreos y los descansos entre clases, y comentando las jugadas a través del WhatsApp cuando era necesario, así que en realidad apenas había cambiado nada.

Lucía se despidió de Bea, entró en su aula con Frida y se sentó en su mesa para observar un rato a los alumnos que iban entrando por la puerta. Todo el mundo hablaba de lo geniales que habían sido las vacaciones y de los regalos que habían recibido esas Navidades. En su clase contaban treinta, pero se fijó en que los únicos que estaban ya sentados y con el libro de inglés abierto eran los más empollones, que debían de tener ganas de que llegara ya la profe. Los más raritos estaban en un aparte, eran los que hacían cosas raras, como jugar a cartas mágicas o a piedras en el recreo. ¿Había algo menos interesante? En un rincón de la última fila, estaba Susana a la que llamaban «Solitaria» porque se sabía muy poco de ella. Había empezado el curso a mitad de la primera evaluación y casi no se había relacionado con nadie. Su aspecto llamaba la atención, con todos esos piercings y ese pelo cortado como un chico.

Poco después, vio cómo se abría paso contoneándose entre la gente Marisa, la líder de las Pitiminís (tan creídas que se veían a ellas mismas como el grupo de las guays), con su melena castaña llena de mechas y sus largas piernas; su séquito iba justo detrás. Ya en su mesa, dirigió sus profundos ojos negros a Lucía como si le dijera con mofa: «¿Ves? Todas estas chicas quieren ser amigas mías y a ti se te van las que tienes». ¡¡¡Aaaaaaaaajjj!!! ¡Qué ganas tenía Lucía de darle una patada en el culo! Esa creída había intentado que se uniera a su grupito al pasar a la ESO, pero ella la había rechazado y no parecía llevarlo nada bien, porque desde entonces intentaba hacerle la vida imposible tanto a ella como a sus amigas.

Cada vez que se sentaba, a Marisa se le veía el trasero, pues llevaba la falda de tablas del uniforme más corta que ninguna otra chica del colegio. Las Pitiminís eran las chicas más guapas y estilosas de la clase (o eso se creían ellas) y sus modelitos eran siempre los «mejores» y más comentados en las excursiones. Cuando todas iban con tejanos para hacer salidas por el monte, ellas se presentaban con minifaldas y tacones.

Detrás de ellas entró Toni, el Musculitos. Los rumores decían que Toni y Marisa habían sido novios en secreto durante el verano anterior, pero nadie lo sabía a ciencia cierta. Ya en primaria los tutores solían sentarlos en las primeras filas para tenerlos controlados porque, si no, no se enteraban de la misa la mitad. Y ahora, en la ESO, todavía más todo les parecía una buena excusa para distraerse con notitas y mensajes ridículos.

A Lucía habían estado a punto de sentarla también delante después de un pequeño altercado en clase de lengua que le costó la visita al despacho de la directora. Pero es que últimamente le costaba bastante callarse las injusticias y más de una vez tenía que ponerse la mano en la boca y todo para mantenerla cerrada. Eso, combinado con el hecho de que sus notas no eran lo que se dice «sobresalientes», hacía que más de un profesor la tuviera en su lista negra.

Cuando entró en el aula la anticuada Mrs. Dalloway, una mujer de Londres que siempre iba vestida de colores oscuros y faldas hasta los tobillos, y con un moño alto y tirante, como si acabara de llegar de otro siglo, todo el mundo se sentó en su sitio y se calló de golpe. Tocaba clase de inglés.

—*Good morning* —soltó con esa voz tan aguda que hacía daño a los oídos.

—*Good morning* —respondieron todos como si lo tuvieran ensayado.

Sin ni siquiera preguntar por las vacaciones, Mrs. Dalloway se dedicó a escribir cosas en la pizarra que los alumnos debían copiar sin rechistar. Pero Lucía estaba demasiado distraída esa mañana con las últimas novedades como para concentrarse en los ejercicios. A pesar de que lo tenían prohibidísimo y a riesgo de sufrir el peor castigo de todos, sacó su móvil y lo escondió entre la chaqueta azul marino. Frida (a quien la tutora había sentado en la otra punta del aula) la vio desde lejos y la imitó, así que comenzaron a escribirse por el WhatsApp del grupo ZR4 (Zapatillas Rojas For Ever), aunque Marta no podría responder. Todavía no tenía WhatsApp en Alemania, así que la comunicación en horas de cole la limitaban a las emergencias.

Lucía envió un mensaje a Bea, que seguro tendría su móvil a mano, y rápidamente vio cómo también ella se conectaba.

«Ké pstiño d Srta. Pepis», 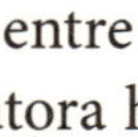 se quejó Frida.

«M podría pasar la clase de mats cn ojos crrados i m ntraría d lo mismo», escribió Bea.

«A mí Dalloway m dalomismo 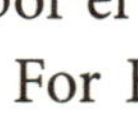», bromeó Lucía. Caritas sonrientes de Frida y Bea aparecieron en la pantalla de su móvil.

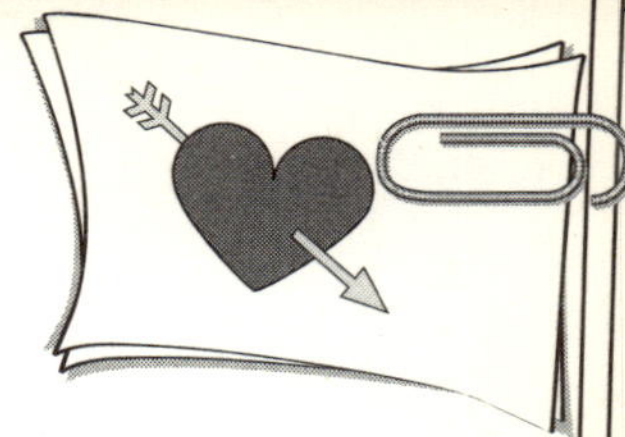

«¿I ké pasa cn Eric?  », insistió Frida.

Frida se estaba poniendo de lo más pesada; ¿qué más le daba a ella si hablaba con Eric o no?

«Pasa ke oy m parzco a Jaspr, l d la kra d susto d Crpúsculo. Srá x días...  » —respondió. Y, para cambiar de tema, añadió—: «¿Ké clas stará aciendo Marta?»

«¿Algo n alemán?», respondió Bea.

«Ké perspicaz...», resolvió Frida chistosa.

Lucía tuvo que esconder una sonrisa, aliviada de que Frida hubiera pillado al fin la indirecta.

«Hallo», escribió recordando la única palabra en alemán que había aprendido de Marta.

La había oído hablar en esa lengua con su madre montones de veces y le parecía de lo más rara, como si se estuviera siempre discutiendo, o escupiendo... o las dos cosas a la vez.

«¡L ALeMáN PArC + DIvR kE L InGlS! ZZZZZZ...», escribió Frida.

Sí, Lucía estaba de acuerdo: el inglés era soporífero. Levantó los ojos para asegurarse de que Mrs. Dalloway no la observaba. La pizarra estaba ya casi llena por completo de frases escritas en inglés con espacios en blanco que debían rellenar. Tenía que ponerse las pilas antes de que la *teacher* empezara a hacer preguntas y las pillara.

«Dp hablams. ¡Muaaaaa!  », escribió para despedirse.

Antes de guardar el móvil con disimulo en el cajón de su pupitre, miró la foto que Marta le había enviado el día anterior: se trataba de una imagen de su nuevo dormitorio hecha desde su cama. En primer término aparecían estiradas las piernas de Marta, con las zapatillas rojas puestas, y al fondo, sobre su escritorio, una foto enmarcada de las cuatro amigas juntas haciendo el tonto, en el día de su doceavo cumpleaños, el año anterior. Lucía se pasó la mañana preguntándose qué estaría haciendo Marta y cómo conseguiría evitar los ojos de Eric el resto del día. Tuvo suerte y Mrs. Dalloway no le hizo ningún caso.

5

Mejor te lo comes tú

Desde la barra donde se servían los platos, con la bandeja en las manos, Lucía se volvió para ver si Eric estaba en el comedor. Con un poco de suerte habría acabado ya, pues seguía con su plan de evitarlo a toda costa hasta que su cara no volviera a resplandecer... Se puso de puntillas y barrió con los ojos la sala, así distinguiría mejor su melena rubia entre todas aquellas cabezas que no paraban de moverse. «Porfa, porfa...», decía para sí.

Frida, y también Bea, la ayudaban a mantener la guardia por si aparecía por sorpresa y debía pensar rápido una maniobra de emergencia para salir de allí por patas.

—¡A las tres! —anunció Frida de pronto utilizando la técnica del reloj.

—¡¡¡Socorro!!! —se le escapó a Lucía. Y tuvo que morderse la lengua para no gritar.

Efectivamente, ahí estaba Eric ♡ comiendo y charlando con sus amigos, de espaldas a ella. Pero su mesa estaba en la otra punta y, si lo hacían bien, no tenía por qué verla... Las tres amigas se dirigieron a su sitio cargadas con sus bandejas, y alternaban sus ojos entre él y el suelo, para no estamparse. Eric no se percató absolutamente de nada.

—Ufff —respiró al fin cuando llegaron sanas y salvas a su mesa.

Lucía, por si acaso, se sentó de espaldas a Eric. Sin embargo, le esperaba un nuevo problema: las lentejas.

—¡Qué asco! ¡Pero si tienen hasta raíces! —soltó removiendo la cuchara en el plato lleno hasta el borde—. Seguro que Marta come mejor en su nueva escuela.

Lucía sacó el móvil y le hizo una foto al plato para enviárselo a su amiga en un sms, poniendo: «¿A ellas también las echas de menos?».

—Calla, calla, que me vas a hacer vomitar —respondió Bea poniéndose de repente amarilla.

—Pues asómate a la ventana y tíralo sin que te vean —sugirió Frida señalando la ventana que les quedaba unos cuantos metros más adelante; tampoco serían las primeras en hacerlo...

Las ventanas del comedor, situado a ras del patio, daban a unas macetas que eran ideales para guardar las sobras que nadie quería comer. Sin embargo, más de una vez, los profes vigilantes habían pillado a los alumnos haciéndolo, y cuando eso pasaba les obligaban a limpiar el estropicio con servilletas de papel. A veces, también a comer durante días en las mesas que pertenecían a los de preescolar, bien a la vista y lo más incómodos posible... y también ridículos. Así que Lucía sabía de sobra que debían andarse con cuidado y solo recurrir a tal posibilidad en circunstancias de lo más extremas. Las lentejas con raíces, efectivamente, podían contar como una de esas circunstancias.

—Deseadme suerte, chicas. No pienso comerme este mejunje. —Lucía miró a un lado y a otro en plan espía, y se puso de pie.

Se fijó en que ese día vigilaba el comedor la Pío-pío, una profesora de los de bachillerato que andaba encogida y su voz sonaba como la de un pajarito lastimado. Tenía fama de no ser estricta con las normas, así que no le pasaría nada. En ese momento estaba charlando con una de las cocineras justo al otro lado de la sala: podía coger su plato e ir hacia la ventana.

—Haz guardia —le ordenó a Frida por si acaso.

Lucía atravesó las hileras de mesas y corrió hacia la ventana de la esquina. Estaba acabando de tirar las lentejas del plato en un movimiento rápido y casi imperceptible cuando, por encima del constante murmullo, oyó gritar una voz que le era muy familiar. Demasiado familiar: Marisa llamaba a la profesora como si se hubiera vuelto loca de remate, desde su sitio. Se hizo el silencio en todo el comedor, y Lucía oyó con total claridad lo que Marisa le decía a Pío-pío:

—¡Esa alumna ha tirado la comida, profesora!

En aquel momento las cabezas de todos los alumnos de todos los cursos de la ESO se dirigieron a ella. ¡Qué horror! ¡Qué vergüenza! Se quedó petrificada, justo delante de la ventana, con el plato de lentejas vacío en las manos... Vio a Eric que la observaba como aguantando la risa y comentaba algo con sus amigos, todos divertidísimos. Ya no había nada que hacer, su vida había acabado: no solo la habían pillado con las manos en la masa, sino que Marisa la había humillado delante de la última persona que tenía que verla así.

La profesora se le acercó y le pidió que la acompañara a coger otro plato de lentejas y a sentarse en la parte de preescolar... Por lo menos, no le hizo limpiar el estropicio. Pero le dejó bien clarito que hasta que no se acabara toda la comida no podría marcharse. Mientras Lucía tomaba asiento en una de esas minúsculas sillas y veía cómo chicas y chicos pasaban por su lado riéndose sin disimulo, se convenció de que ese primer día después de vacaciones no podía ir peor.

—Piensa en los niños de África, que no tienen nada que llevarse a la boca —le aconsejó Pío-pío.

Qué equivocada estaba ella, que creía que esa profe era de las buenas... ¡una mosquita muerta! Eso es lo que era...

Lucía cogió aire y comenzó a llenar la cuchara con esas horribles raíces flotantes... De lejos vio cómo Eric dejaba su bandeja sin reparar en ella. Cualquier posibilidad de salir con él acababa de quedar sepultada debajo de todas las lentejas que había tirado. Se sentía finiquitada. Sus amigas le dieron ánimos en la distancia. Frida puso las manos en forma de ruego para disculparse, pero ella no tenía la culpa, todo había sido demasiado rápido. La única que la había delatado era Marisa, pero Lucía esperaba vengarse de ella algún día, no muy lejano a poder ser...

6
Todo un reto

El revoltijo de las tripas que le habían provocado las lentejas no se fue hasta que salió al patio y se dirigió al árbol en el que estaban sus amigas sentadas: debajo de un olivo que llevaba siendo su refugio desde que comenzaran a ir a ese colegio. Frida y Bea se pasaron un rato dándole ánimos, asegurándole que al día siguiente nadie se acordaría de la humillación que había pasado.

—¿Qué pensará Eric? —preguntó Lucía haciendo un gesto de fastidio.

—Que eres una máquina —resolvió Frida sin hacerle mucho caso, pues tenía la costumbre de consultar internet en el móvil a la vez que hablaba con ellas.

Eso a Lucía la sacaba de quicio. Parecía que no la escuchaba y, además, ella solo podía conectarse al WhatsApp porque su 3G no era tan potente como para navegar.

—¡Madre mía! ¡Esto es alucinante! —Frida interrumpió sus pensamientos de pronto.

—¿Qué pasa? —le preguntó Lucía esperando recibir una nueva mala noticia que acabara de rematar el día.

Pero Frida comenzó a hacer movimientos bastante cómicos con la cabeza y los brazos, mientras canturreaba:

—¡Baileee, tenemos un baile! ¡¡¡Baileee!!!

Lucía la miraba extrañada, mientras Bea se reía divertida. Por mucho que acostumbraran a adivinarse los pensamientos, aquello traspasaba los límites.

—Estás como una cabra, nena. ¿Un baile para qué? —le preguntó todavía con el humor cruzado. Seguía teniendo el sabor de las lentejas en la boca...

—¡Para un concurso de la revista *Bravo*! Chicas, vamos a triunfar —respondió Frida sin más explicación, como si fuera lo más normal del mundo, y continuó leyendo en silencio lo que fuera que tenía en la pantalla de su móvil sin hacerles más caso.

—¿De qué está hablando? —la golpeó Bea para que les diera más información.

Lucía y Bea fueron a mirar las dos el móvil a la vez y acabaron dándose un cocorotazo en la frente. Frida comenzó a desternillarse mientras las otras se tocaban doloridas los chichones que ya habían comenzado a crecer.

—Lo que me faltaba... —se quejó Lucía.

Al final, Frida debió de sentir lástima, porque empezó a leer en voz alta lo que ponía en la pantalla del móvil:

—Y más abajo pone las bases... —Frida las miraba expectante, sin pestañear siquiera.

—¿A Berlín, Alemania? —preguntó Bea, insegura.

—¡Exacto! —exclamó Frida—. Ganaremos el concurso en un pipás y pasaremos la Semana Santa con Marta.

Lucía notó cómo su desmoralización se evaporaba y la asaltaba la euforia con aquella posibilidad. ¿De verdad podrían ver a su amiga en unas pocas semanas?

—¡Me apunto! —exclamó contenta de que el día empezara a mejorar un poco.

—Pero se presentará un montón de gente, ganar no será tan fácil… —objetó Bea.

—Si no lo intentamos seguro que será imposible —le respondió Lucía, que no quería ver borrada esa oportunidad en uno de los arranques pesimistas de Bea.

A veces, Bea necesitaba de un empujón. Como la vez en que fueron a una disco para mayores de catorce años. Todas sabían que era peligroso, porque como el gorila las pillara podía hacerlas papilla con un solo dedo. Pero para la mayoría pesaba más la curiosidad de saber por dónde se paseaban Marisa y sus Pitiminís todos los sábados por la tarde con sus modelitos del Bershka (para eso las habían seguido hasta allí). Para Bea no era así, y cuando estaban ya muy cerca de la puerta comenzó a ponerse imposible y a decir que se piraba. Por fin, entre todas consiguieron convencerla y entrar. Se pegaron un par de bailoteos y ¡al final era Bea la que no quería irse!

—Marta se quedará A-LU-CI-NA-DA —aseguró Frida dando por hecho que lo harían.

—No contéis conmigo, yo no puedo hacerlo —cortó Bea

—¡Parece que te importe un pito! Estamos hablando de Marta —se impacientó la otra.

—Chicas, por favor, claro que me importa —les suplicó Bea—. Pero yo soy un pato bailando y os estropearé la coreografía. Además, si me caigo y me hago daño en la mano, adiós el violín…

—Vamos, no te preocupes. Ya pensaremos algo que no sea muy difícil ni peligroso —la calmó Lucía—. Estaremos encantadas de enseñarte, y el objetivo merece la pena, ¿no? Además, si piensas en grande, conseguirás cosas grandes. —Eso se lo solía decir su padre, de ideas un tanto alternativas, cuando se enfrentaba a una tarde de estudio.

—No sé cómo se hace eso... —respondió Bea.

—Yo tampoco. Pero juntas lo conseguiremos —anunció Lucía sonriente.

Al final, la monserga debió de convencerla, porque la cabeza de Bea dejó de hacer negativas y empezó a moverse hacia arriba y hacia abajo.

—¡¡¡Sí!!! ¡¡¡Va a ser increíble!!! —Lucía sonrió satisfecha, y Frida celebró ese cambio de actitud con una especie de bramido que no decía nada y lo decía todo.

Frida reenvió la imagen del anuncio a Marta seguidamente, para que empezara a hacerse a la idea.

—Ahora solo nos falta una última cosa... ¡Mejor dicho, dos! —les soltó Frida. Y después de aguantar unos segundos la respiración, dejó caer la bomba...—. Tenemos que ser cinco miembros en el equipo.

—¿Lo veis? Esto no es para nosotras —se apresuró a responder Bea.

—Hay cantidad de chicas molonas —respondió Frida para quitar importancia al asunto.

Les puso como ejemplo a la capitana de su equipo de voleibol, una chica muy maja llamada Raquel, que podía ser una buena candidata. Pero era seguro que habría muchísimas más. ¿Quién no querría ir a ver un concierto de Bieber en Berlín? ¡Era de locos! Nadie podía rechazar participar en un concurso como ese. Nadie menos Bea, claro, que siempre lo encontraba todo más complicado de lo que realmente era.

—¿Y si hacemos un casting? —sugirió Lucía. Ella estaba muy puesta en ese mundo gracias a que su madre trabajaba en una importante agencia de publicidad.

Se fijó en cómo le cambiaba la expresión a Bea de forma radical y aprovechó para acabar de convencerla de que así podrían escoger a las chicas que más se ajustaran a ellas. De todas las que se presentaran, que serían muchísimas, solo seleccionarían a las que cumplieran con una serie de requisitos.

Al fin Bea aceptó el trato y quedaron en que al día siguiente comenzarían con la planificación del casting, pues el plazo para enviar el vídeo con la córeo acababa el 7 de marzo, justo en dos meses. Lucía empezaba a sentirse emocionada con el plan y, mientras andaba hacia clase, pensó que si ganaban ese concurso sería una experiencia que no olvidarían jamás.

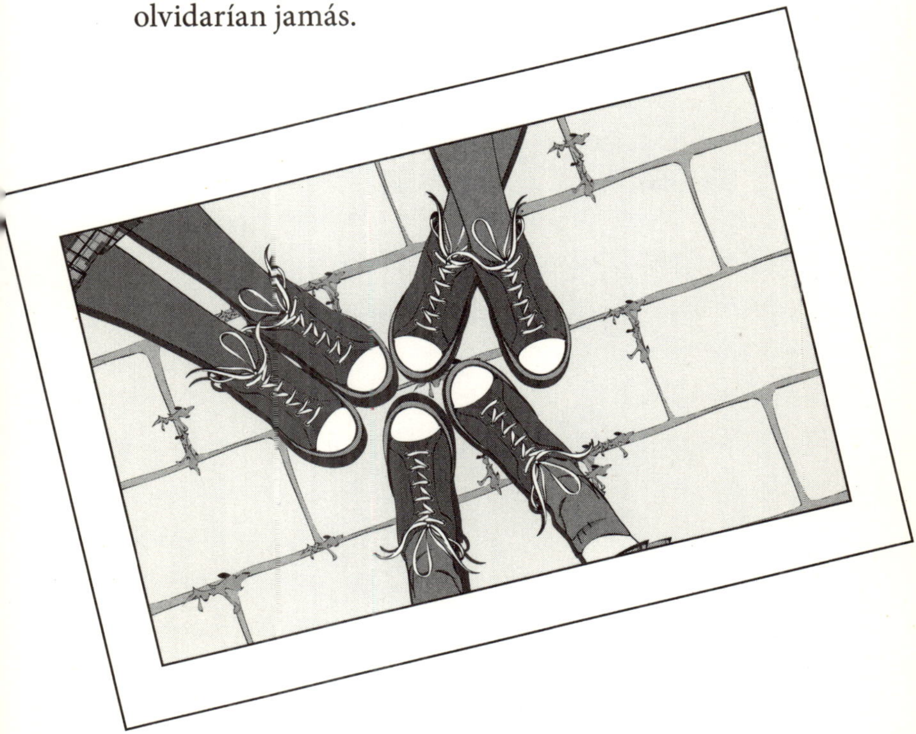

De: Marta (lapoetisamarta@hotmail.com)

Para: Lucía (let'sdance@hotmail.com), Frida (arribaFrida@hotmail.com), Bea (doremi@hotmail.com).

Asunto: Ya estoy instalada

Adjunto: mesa.jpg

Chicas:

Os presento mi nueva mesa en la escuela. Esta no tiene rayado nada, parece que aquí eso no se lleva. Aunque, ¿veis lo que asoma por debajo? Sí, sí, son mis zapatillas rojas en clase. ¡AQUÍ PUEDO VESTIR COMO QUIERA!

Todavía no me puedo creer lo del concurso... ¡Tenéis que ganar como sea! Bueno, os mantengo informadas,

Miss u,

ZR4E

7

¡Vaya planazo!

El día siguiente en la escuela fue de lo más intrascendente para Lucía: nuevos temas de todas las asignaturas que le sonaban a chino y un control verbal de ciencias naturales para el día siguiente que tendría que prepararse por la noche. ¡Menos mal que solo llevaban dos días de clase! La tarde la pasaría repartida entre la casa de Frida, para empezar a planear el casting para el concurso, y la academia de danza, ya que era martes y tenía clase. Hacía cinco años que iba a clases de ballet y, aunque al principio solo lo hacía para contentar a su madre (que era una bailarina frustrada), al final bailar se había convertido en una actividad que le apasionaba tanto como el dibujo. Dar brincos sobre un escenario, piruetas de puntillas y abrir y cerrar los brazos en el aire era lo más parecido a volar que había estado.

Lo único que tuvo un poco de emoción en ese día fue descubrir que Eric, por lo menos, seguía considerándola digna de su saludo a pesar de la humillación del día anterior. Fue justo en el momento de salir al recreo cuando Lucía se cruzó con él y sus amigos en el pasillo. Todo sucedió como a cámara muy lenta. Lo tenía todo pensado y su intención inicial era hacer como que no lo veía temiendo que si le saludaba él la ignorara. Pero fue Eric quien nada más verla pasar a su lado abrió la boca y dijo «Hola, Lucía», como si nada. Lucía se quedó paralizada del todo, tanto que ya no sabía si había acabado siendo ella la que no le decía nada...

Cuando sonó el timbre para volver a casa ella y las chicas se lanzaron a la salida del colegio con el objetivo de hacerse una buena foto para mandarle a Marta: se cambiaron los zapatos del uniforme por las zapatillas rojas que habían guardado todo el día en las mochilas. Pero justo en ese momento estaba la Urraca junto a la puerta, despidiendo a los más pequeños que se marchaban de la mano de sus mamás y abuelos. Al verlas con sus zapatillas rojas, rompiendo la harmonía azul-blanca del colegio, insubordinándose y menoscabando su autoridad, puso una cara que Lucía

recordaría siempre: cejas apretadas, boca abierta y mejillas progresivamente más y más enrojecidas, tirando a moradas incluso. De modo que se acercó a ellas y, muy sutilmente, para que todos los familiares que había por allí no la oyeran, las amenazó:

—Señoritas, si no volvéis a poneros los zapatos azules, mañana os pasaréis el día descalzas.

No tuvieron más remedio que cambiarse, no sin antes fotografiar sus pies. Lucía fue a abrir la boca para decirle que el horario de clase había terminado y que eran libres de hacer lo que quisieran, pero creyó ver venas rojas atravesando los ojos de la Urraca y supo que no le convenía.

Estuvieron riéndose de la situación todo el viaje en autobús a casa de Frida, y para cuando llegaron tenían tal dolor de tripa que no quisieron ni merendar.

Al entrar en la habitación de Frida se encontraron a Dani, su hermano mellizo, rebuscando entre los cajones de su escritorio.

—¡¿Cómo te atreves a entrar en mi cuarto?! Sabes perfectamente que puedo patearte el culo sin esfuerzo —comenzó a gritarle como si estuviera poseída.

—Lo dudo. Mis brazos son de acero, los tuyos solo sirven para tirar la pelotita en ese deporte para débiles que tanto te gusta.

—¡Largo de aquí, bola de sebo!

Frida y Dani se llevaban como el perro y el gato, así que sus padres habían hecho bien poniéndoles en colegios diferentes. A Lucía le llamaba la atención que, aunque los dos habían nacido el mismo día, no se parecieran absolutamente en nada. Dani era rollizo como un rollito de primavera, mientras que Frida era pura fibra, como los Special K.

Frida estuvo despotricando de Dani un rato, asegurándose de que no le hubiera cogido su mp3 sin permiso o alguno de sus CD, y después se lanzó sobre la cama. Enseguida llegó Ricky, su bulldog francés, y Frida le ayudó a subir a su lado, donde se quedó dormido.

Cuando por fin pudieron concentrarse en su proyecto, estuvieron un buen rato reflexionando sobre cómo debía ser el cartel que colgarían para

anunciar el casting. Era importante no hacer el ridículo y, al mismo tiempo, despertar el interés de las chicas de su curso. Había mucho en juego. Ya habían presenciado más de una vez cómo un cartel se convertía en el centro de atención de todo el colegio, y no precisamente para bien. Como cuando Felipe, un compañero de primero B, colgó uno en el que buscaba a gente para formar un grupo de estudio para los exámenes: incluyó su número de teléfono y debajo puso «Llamad solo interesados». Toni y sus amigachos se divirtieron de lo lindo llenando el cartel de chistes malos y de dibujos de mal gusto, y Felipe se pasó semanas recibiendo llamadas inquietantes de los que menos interesados estaban en su grupo de estudio...

—Haremos un eslogan chulo —anunció Lucía con los ojos fijos en su diario, en el que había hecho varios garabatos.

—«Baila a tope con nosotras», o algo así... —propuso Frida.

—¿Y en plan animadora? «Dame una "b", dame una "r", dame una "a", dame una "v", dame una "o"...» —comenzó a decir Lucía para al final reconocer que era demasiado largo.

—¡Gana un viaje a Berlín con las mejores! —propuso Frida—. Por lo menos es corto...

—¿Y qué pasa con el concierto? ¿Y con el baile? —protestó Bea.

—Pues: si sabes bailar y te gusta Justin Bieber, llama.

—Parece un anuncio de contactos... —se quejó Lucía.

La idea dio de sí y se pasaron media tarde discutiendo sobre qué requisitos querían: que fuera alguien de su curso, que fuera una chica y que supiera bailar.

Tras muchas propuestas inservibles, Bea se puso en pie y, como si fuera Catherine Zeta-Jones en *Chicago*, soltó con voz cantarina:

—¿De 1.º de la ESO, chica y bailas? Llama y concursa para *Bravo*.

Lucía y Frida se miraron perplejas: Bea había tomado la palabra elevándose en el aire como la heroína de un musical. Empezaron a chillar y aplaudir, como público emocionado. ¡Era la frase perfecta! Y no hacía falta hablar del viaje porque cualquiera que leyera *Bravo* (que era todo el colegio) sabría de ese concurso.

Lucía lo apuntó en su diario e hizo algún dibujito alrededor del texto para dejar su huella artística: unas zapatillas de ballet, unas notas musicales...

—Hay que hacerle una foto y enviárselo a Marta para ver qué le parece —sugirió Bea animada—. Yo no puedo porque mi madre me ha cogido prestado el móvil temporalmente después de que el suyo se le cayera en el lavabo...

—Chicas, falta poner un número de teléfono... —anunció Lucía tras enviar la foto—. Si no, seguro que no llama nadie...

Propuso que fuera el teléfono de Frida, pues la idea de participar en todo aquello había sido suya y le encantaba hablar más que a los loros.

—Yo no hablo como los loros... —rechazó Frida.

—¡No, tú hablas más que los loros! —respondió Lucía.

—Bueno, vale, ponemos mi número de teléfono y haré de secretaria, pero solo si tú eres la encargada de preparar la coreografía.

—Yo, encantada —respondió Lucía—. Pero la canción la elegimos cuando el grupo esté cerrado, entre todas.

Las demás asintieron como si fuera obvio. Lo primero era la democracia.

—Que no sea muy difícil, ya sabes... —pidió Bea.

—Sí, que no sea difícil y que no nos hagas bailar como peonzas, por favor. Porque en tus festivales todas os movéis como así... —respondió Frida poniéndose en pie con los brazos por encima de la cabeza imitando a una bailarina, y dando vueltas después.

—¡Ja, muy graciosa! —se rió Lucía sarcástica.

Por primera vez en toda la tarde, Ricky se despertó y comenzó a seguir a su dueña mientras intentaba morderle los tobillos. Lucía se deshizo de su diario y se abalanzó sobre Frida, que no paraba de hacer piruetas cutres por la habitación sorteando los obstáculos (una bola gigante de ropa tirada en el suelo, varios pares de zapatos haciendo una montaña…). La tiró al suelo y comenzó a hacerle cosquillas, mientras Frida la pinchaba llamándola «burbujita de alelí». Bea se unió a la falsa pelea y Ricky, con sus ladridos raquíticos que pretendían defender a su dueña, también. Lucía comenzaba a sentir que ese año no iba a ser tan malo después de todo. En esa habitación solo faltaba Marta, pero, si todo salía bien, pronto podrían estar las cuatro juntas otra vez.

8
Profesor particular

—¡¡¡Habrase visto!!! Ahora también me mientes… No me esperaba esto de ti… —soltó María, la madre de Lucía.

—No te he mentido, solo no te lo he contado. ¡Y yo no tengo la culpa de que me regalen unos zapatos de tacón! —protestaba ella.

El día de Reyes, al final, había optado por llevárselos y los había escondido muy bien. Sin embargo, parecía que en una de las conversaciones que su madre y su padre compartían de vez en cuando, él, con sus pocas luces, había tenido la gran idea de preguntarle si le habían gustado y ella los encontró enseguida. Desde luego, la reacción de su madre había sobrepasado las expectativas de Lucía, pero todo tenía su explicación...

En diciembre los padres habían recibido, muy puntuales, las notas de la primera evaluación y las suyas no habían sido demasiado buenas. Su madre era la que más caña le metía a ese respecto, por lo que su regalo de Navidad había sido cuando menos «simbólico» como resultado. Descubrir que su padre no había tenido en cuenta ese detalle antes de inundarla a «pinturas, diarios y maquinitas», como había dicho ella, no le había sentado nada bien.

—Como si con las notas no hubiese bastante sorpresa... —volvía al ataque María alzando los zapatos en el aire como si fueran la prueba de un grave delito.

—Pero mamá, los zapatos no tienen nada que ver con mis notas...

—Eso lo veremos. Si no, vamos a tener que buscarte un buen profesor particular quieras o no —anunció su madre antes de salir escopeteada de la habitación.

¿¿¿PROFESOR PARTICULAR??? ¿Había oído bien Lucía? «¡Eso es para los tontos!», estuvo a punto de soltar. En su clase los únicos que tenían uno eran los que no aprobaban ni una, y a ella tampoco le habían quedado tantas... Lo que le pasaba era que su vocación no tenía nada que ver con las matemáticas ni las sociales, ella tenía alma de artista, pero si empezaba a ir a su casa un profe todas las semanas, lo que tendría sería alma de fracasada. No quería ni imaginar lo que haría Marisa cuando se enterara...

De pronto oyó un tono de aviso que salía del ordenador y al acercarse vio que Marta había escrito a las tres a través del grupo de chat de Tuenti. Solo ponía «CÓDIGO ROJO». Su mano voló en el teclado para preguntarle qué le sucedía. Frida y Bea tardaron dos segundos.

«Soy la Newcomer.»

«??????», escribió Lucía.

«Ké s eso?», preguntó Bea.

«», añadió Frida.

«Nueva », explicó Marta.

Eso le recordó a Lucía un verano que se había ido con su madre a una urbanización de la sierra y, como no conocía a nadie, se había pasado el mes de agosto sola y aburrida. Al volver, le había hecho jurar a su madre con Biblia y todo que nunca más la llevaría allí si quería que siguiera siendo su hija. Sentirse la nueva no era nada bueno.

«asdjlk879dsa», les insultó Frida.

«Opino = ...», escribió Bea.

«S van a nterar d lo ke vale 1 peine cndo vayamos», soltó Lucía.

«¿Cm van los prparativos dl concurso? Ncesito ke ganéis...», confesó Marta con tres caritas tristes.   

Lucía cayó en la cuenta de que Marta no tenía ni idea de la última novedad sobre el concurso, así que se la contó con la ayuda de las otras... Además, pensó que la historia la distraería de sus problemas. Después de las clases había estado con Frida y Bea colgando carteles de colores bien vistosos por la escuela. Fue ella quien propuso utilizar láminas de color amarillo, azul, violeta y naranja para que llamaran bien la atención en los aburridos tablones.

—A eso se le llama marketing, chicas —les explicó orgullosa.

Bea se había encargado de imprimir en su casa montones de copias del anuncio y, grapadora en mano, se habían dedicado a empapelar los lugares más concurridos del colegio: el gimnasio, la recepción, el aula de informática, los aseos... Pero en su aventura por los pasillos se cruzaron de pronto con la decepcionante presencia de Marisa y las Pitiminís.

—¿Qué tramáis con tanto papelito? —les preguntó Marisa arrancándole a Bea un cartel azul de sus manos.

Frida por poco salta encima de ella cual gato salvaje, pero entonces intervino Lucía:

—¿A ti qué te importa?

—Tienes razón, no me interesa, pardilla —quiso picarla Marisa.

Las dos chicas que la acompañaban comenzaron a reírse como hienas. A pesar de que cada una tenía una cara y un pelo distintos, a Lucía le parecían gemelas con toda esa pintura en la cara y el uniforme maqueado.

—Bueno, ¿quieres algo más o vas a seguir perdiendo tu tiempo y el nuestro? —le preguntó Frida impaciente al ver que no se marchaban.

Entonces Marisa puso una cara que a Lucía le dejó los pelos de punta.

—Solo aconsejaros que no os presentéis si no queréis hacer el ridículo compitiendo con nosotras —anunció Marisa.

Las demás asintieron a su espalda como para reafirmarse.

La noticia cayó como un jarro de agua fría sobre Lucía, pero se esforzó en disimular lo mejor que pudo.

—Eso, eso es lo que tú te crees —consiguió decir sin apenas titubear. Apenas.

—Además, nosotras contamos con una coreógrafa experta, así que preparaos para perder —la respaldó Frida.

—Eso lo veremos —respondió Marisa desafiante.

Después pasó de largo y continuó avanzando por el pasillo como si estuviera en una pasarela de moda; las otras dos la siguieron manteniéndose siempre unos pasos por detrás de ella, como en señal de respeto a su líder. Lucía vio ya de lejos cómo Marisa arrugaba el cartel para hacer una bola, tirarla al suelo, pisarla y luego repisarla con recochineo. Como si no lo hubiera estropeado ya bastante.

«Tnías ke vrnos l kra...», le explicaba Lucía a Marta.

La verdad era que la noticia las había dejado hechas polvo el resto del día. No eran tontas: lo iban a tener más chungo de lo que creían.

«Ls APLASTARMS», remató Lucía para no preocupar más a su amiga. Ganar el concurso ya no era solo una opción. Era una necesidad.

—¡Lucíaaaaaa! —resonó la voz de su madre a través de la puerta maciza.

«Ogra m rclama. Mñna hablams», se despidió Lucía de sus amigas. Marta tenía que saber que la distancia que las separaba no significaba nada más que unos cuantos cuadraditos en un mapa. Ellas estarían ahí al día siguiente, y al otro también, y al otro...

Lucía temía llegar a la mesa y que su madre continuara con el sermón que había iniciado esa tarde. ¡Qué cansina era! Pero al llegar al comedor, José María, ya sentado, la miró con ojillos cariñosos por detrás de sus gafas de culo de vaso y le dijo:

—Tranquila, ya se le ha pasado.

José María le caía bastante bien. Era un hombre muy parsimonioso que no levantaba nunca la voz, todo lo contrario de su madre, quizá por eso se llevaban tan bien: ella gritaba y él se callaba. Lucía se preguntó de dónde habría sacado su madre ese mal genio, pues la abuela Agustina era una alegría. Solo en su presencia controlaba su madre los gritos, por eso se entusiasmaba tanto Lucía cada vez que iba a visitarlos.

Se sentó frente a su plato más calmada y dio las gracias a José María por echarle un cable: durante la cena no volvió a surgir el tema de los zapatos de tacón, ni, sobre todo, el del PROFESOR PARTICULAR.

Esa noche, a pesar de haberse puesto morada a natillas del restaurante de José María, Lucía se fue a la cama sin deshacerse de un regusto amargo: el que le había dejado saber que Marta no lo estaba pasando bien. ¡Necesitaban apoyarla como fuera! Si pudieran ganar el concurso y verla en unos días… Se durmió pensando en algunos pasos que podrían utilizar en el baile para conseguir la victoria y poder estar con su amiga pronto.

De: Marta (lapoetisamarta@hotmail.com)

Para: Frida (arribaFrida@hotmail.com), Lucía (let'sdance@hotmail.com), Bea (doremi@hotmail.com)

Asunto: Sueños premonitorios

Adjunto: botas.jpg

¡Buenos días!

Hoy me he levantado *happy happy* porque he soñado que veníais a verme en Semana Santa. Pero el día está lluvioso (qué raro), así que...

¡Mirad! Como aquí no hay reyes he llegado en plenas segundas rebajas y me he regalado unas botas de agua para cuando el clima me impida llevar nuestras queridas zapatillas. ¿Os acordáis de aquella vez que Frida iba chuleando con la pelota de voley por la calle y se resbaló sobre un charco? Jejeje. ¡Con estas botas no te habría pasado!

Miss u, chicas...

ZR4E

9

Necesito vuestra ayuda

El jueves por la tarde su padre iría a recoger a Lucía al colegio para ir a cenar a su restaurante chino favorito. Lorena se quedaría en casa con Aitana, que había cogido un virus nuevo. Lucía se pasó todo el jueves planeando cómo manipular a su padre para convencerlo de que no necesitaba ningún PROFESOR PARTICULAR. Un puchero por aquí, una sonrisa tierna por allá… ¡y sería cosa hecha! Él sí solía estar de su lado siempre.

No se esperaba para nada que, PRECISAMENTE en ese tema, su padre no quisiera llevar la contraria a su madre.

—¿En serio vas a hacer lo que ella quiere? —le preguntaba Lucía ante su plato de fideos fritos.

—Lucía, si estudias no tendrás ningún problema —respondió él serio.

—Pero para mamá nunca es suficiente. —Puso su mejor cara de pena.

—Sabes que eso no es verdad.

—Porfa, papááááá, convéncela... —Solo le quedaba suplicar.

—Solo tú puedes hacer eso...

—Ya, aprobando. Como si eso fuera tan fácil. ¡No te digo!

—Sin dolor, no hay recompensa… —David soltó una de sus frases.

Lucía asumió que su padre la había abandonado.

Al día siguiente, aunque ya era viernes y terminaba la semana, se propuso poner en práctica el consejo de su padre: se esforzaría un poco y evitaría soñar despierta... Lo de pasar horas enteras de clase pensando en chorradas sin escuchar una sola palabra del profe se había acabado para ella.

Pero en mates su fuerza de voluntad no le sirvió de nada... El Papudo, el profe, la había llamado a la pizarra. Así que ahí estaba, de pie, mirando esos números escritos una y otra vez... Ya no sabía cuántas veces había escrito el resultado del ejercicio y lo había vuelto a borrar. Tenía la mano más blanca que la tiza que sujetaba. Y el profe seguía erre que erre, como si nada.

—Ostras, Lucía, tienes que fijarte un poco más. Siéntate —le dijo al fin el Papudo antes de hacer salir a la pizarra a la siguiente víctima del día: Susana Solitaria, la experta en matemáticas.

—Genial —se dijo Lucía. Debió de decirlo más fuerte de lo que pensaba, porque el Papudo le respondió:

—¿Decías?

A lo que ella contestó:

—¿Yo? Nada.

Lucía se cerró la boca con cremallera, y vio como Frida le dedicaba uno de sus gestos solícitos (levantó el pulgar arriba como si hubiera hecho algo bien) para animarla. Sin embargo, no la ayudó que Susana demostrara ser una sabionda acertando todos los ejercicios que ella había errado. Terrible.

Lucía pasó el resto de la clase copiando en su libreta números que no tenía ni idea de para qué servían. Para evitar la frustración, acabó por recuperar su técnica de soñar despierta, esta vez, con el concurso que tanto quería ganar. Desde que colgaran los carteles hacía solo dos días, Frida no paraba de quejarse de que sonaba tanto el teléfono que no la dejaba hacer nada. Según ella, había estado a punto de echar humo... ¡Ni que se hubieran anunciado en la portada de la *In Touch*!

El sonido del timbre la devolvió a aquella horrible clase que acababa de terminar.

—FRACASADA

—oyó de repente Lucía. Era Marisa.

No le dio tiempo a responderle que ya había desaparecido por la puerta, la muy cobarde…

Cogió su desayuno y su abrigo y salió al patio con sus amigas. No podía dejar de lamentarse de la mala leche del Papudo.

—Estoy harta de ese mendrugo, la tiene tomada conmigo...

—Porque es un hueso de los duros... —le dio la razón Frida—. Pero tú no te preocupes. Aunque yo no soy ningún genio en mates, te enseñaré todo lo que sé.

Se ofreció a ir a casa de su madre al día siguiente para pasar una plácida tarde de raíces cuadradas.

—Pero solo si me prometes que tu madre no me obligará a tener profe particular a mí también... —bromeó Frida para quitarle importancia al ofrecimiento.

—¡Te daría un abrazo! —le dijo Lucía saltando encima de ella.

—No hace falta... —respondió Frida riéndose y quitándosela de encima.

—Yo también quiero echarte una mano, Lucía, aunque no sea una lumbrera. Así que si me aceptáis, me apunto al plan... —se sumó Bea.

—Si me aceptáis, si me aceptáis... —la imitó Frida—. ¡Pero que fifí eres!

Al final acordaron que todas irían a dormir a casa de Lucía el sábado para aprovechar bien todo el tiempo. Además, no solo tenían que avanzar con las raíces cuadradas...

—Aprovecharemos también para organizar ya el casting —propuso Lucía—. ¡De la semana que viene no pasa! Yo ya he pensado algunos pasos interesantes y tenemos que elegir ya a las candidatas y ver qué les pedimos en la prueba. ¿Dónde podríamos hacerlo para evitar a los fisgones?

—En el gimnasio. Así cerramos la puerta y solo entra quien tenga permiso —respondió Frida.

10

¿Tengo una cita?

—¡Está libre el próximo jueves a mediodía! ¡Os la reservo! —gritó Maite, su profe de gimnasia, desde la pista de baloncesto. Estaba practicando con unos alumnos de primaria tiros a canasta.

—Solo estaremos la hora después de comer —le confirmó Frida.

Con el gimnasio ya reservado, se dirigieron hacia su olivo para pasar lo que quedaba de recreo. De camino, Lucía comenzó a mordisquear una de las madalenas que había cogido de casa esa mañana. Las ganas de que llegara el sábado le habían abierto el apetito. Le dio tres mordiscos y casi la engulló entera.

Tan concentrada estaba que no vio aparecer de la nada un balón de fútbol. Ni tampoco cómo se enredaba con sus pies y casi la hacía tropezar. Malhumorada, fue a darle una patada para enviarlo bien lejos, pero al alzar los ojos se quedó petrificada cual estatua de sal: Eric corría hacía ella hondeando la melena. Masticó todo lo rápido que pudo mientras se preguntaba si la habría visto casi caerse... Susurró en voz baja y entre dientes, pero en el inconfundible tono de una orden: «Quedaos», y Frida y Bea obedecieron manteniéndose paradas a su lado. No quería quedarse a solas con Eric, porque acababa de hacer el peor de los ridículos y era probable que él lo hubiera visto...

—Hola —saludó Eric serio.

No había duda de que la cosa entre ellos se había enfriado desde antes de Navidades: apenas se habían dirigido la palabra desde entonces. Pero aun así, cada vez que lo veía, Lucía notaba ese hormigueo inconfundible. Carraspeó y le respondió igual de concisa:

—Hola.

Las demás la imitaron.

Cuando estuvo segura de no tener restos de madalena en la boca, Lucía le dedicó su mejor sonrisa esperando que le hiciera olvidar el traspié de hacía un momento.

—Perdona, casi te caes por culpa del balón —se disculpó mirándola.

—No, no ha sido nada —titubeó.

Notó como sus mejillas se encendían al instante.

—Échale la culpa a Jaime, que no sabe ni dónde está la portería...

—No, si tampoco me he caído…

Cada vez que Eric le dedicaba una sonrisa y marcaba sus dos hoyuelos, Lucía pensaba en lo perfecto que era y notaba como un millón de mariposas inundaban su estómago.

—¿Las haces tú? —le preguntó Eric de pronto, señalando la mano de Lucía.

—¿El qué? ¿Las madalenas? —le preguntó enseñando lo que le quedaba de ellas, un montón de migajas estrujadas. Con los nervios, las había machacado dentro de sus bolsitas.

Eric se rió antes de corregirla:

—No, las pulseras. Molan.

Lucía intentó disimular el calor que notaba en toda su cabeza mientras le contaba un montón de tonterías sobre cómo se hacían, qué colores combinaban y cuáles le gustaban a ella... hasta que se dio cuenta de lo ridícula que era aquella situación y se calló. Por suerte, antes de que se la tragara la tierra, Frida salió al rescate rompiendo el silencio:

—Si tu amigo Jaime no sabe dónde está la portería deberíais cambiar de delantero.

—No te voy a decir que no —respondió Eric divertido.

Frida hizo uso de su habilidad parlanchina, bromeando y diciéndole que si les faltaban jugadoras las avisaran antes de pasarles el balón.

—Bueno, no os entretengo más, supongo que iréis a vuestro árbol... —soltó Eric de repente.

—Tampoco hay prisa —se le escapó a Lucía a pesar de que ya quedaban pocos minutos para que terminara el recreo.

Todos se rieron mientras ella notaba cómo le subía todavía más el calor. Se imaginó a sí misma como un tomate parlante. Por suerte, los gritos de los amigos de Eric les interrumpieron:

—¡Deja a tu novia y vuelve ya, macho! —gritó Jaime.

«¿NOVIA?», se repitió mentalmente. Lucía comenzó a volver la cabeza a un lado y a otro, para ver si alguien más había oído lo mismo que ella. Se fijó en que Eric tenía las mejillas tan incendiadas como las suyas.

—¿Tienes prisa por volver a perder el balón? —respondió Frida picándolo.

Eric levantó la mano para pedir un minuto más a su amigo y entonces miró directamente a Lucía a los ojos y le preguntó muy serio:

—¿Te pasarás el domingo por el partido de vóley?

Normalmente, cuando uno de los equipos del colegio tenía partido en casa, los compañeros iban a animarles. Era una forma de pasar el día. Ellas siempre iban para apoyar a Frida y solían ver a Eric con sus amigos, también...

—Claro. Allí estaré —respondió haciendo como que no le daba importancia.

—Vale. Yo también. —Se le iluminó la cara, o eso le pareció a Lucía—. Bueno, pues... hasta luego —se despidió finalmente y se alejó.

Estaba a punto de empezar a dar saltos de alegría cuando Eric se volvió en dirección a ella otra vez, ya desde lejos. Fue a decir algo más, pero, en lugar de eso, sonrió y se dio la vuelta de nuevo para continuar la carrera hacia sus amigos.

—Está loco por ti —susurró Frida dándole un codazo.

—¿Tú crees? No sé qué me voy a poner el domingo...

—No te pongas los zapatos de tacón, para un partido de vóley no es lo más adecuado... —la aconsejó Bea.

—Esta tarde o mañana me arreglo el pelo sin falta —anunció soplándose los mechones que le tapaban casi los ojos—. Así tendré el flequillo en su sitio.

Notaba una especie de danza en el estómago: ¡era la primera vez que hablaba con Eric de verse fuera del horario de clase! No podía esperar a que llegara el domingo...

El timbre sonó obligándolas a regresar a la siguiente clase. Lucía se pasó el resto del día recordando los detalles de la conversación más larga

MARTA:
SOS

BEA:

FRIDA:
1 arroz, jejeje

MARTA:
ay 1 en 8.º guapísimo!!!!

FRIDA:
eing?

LUCÍA:
s kmo 2.º ESO...

BEA:
ya tienes internet en ?!

MARTA:
NOOOO, toy en casa. LBUENORRO S MI VCINO!!!!!

LUCÍA:

BEA:
sákl foto

FRIDA:
eso eso

MARTA:
s míoooooo!

LUCÍA:
yo ya tngo a Eric!

FRIDA:
gracias a mi partido…

MARTA:
tu 1.ª cita!

BEA:
s pondrá d ls nrvios

LUCÍA:
ya lo toy

que había tenido con Eric desde el Festival de Navidad. También estuvo imaginando la que tendrían el domingo después del partido, ¡no quería volver a quedarse callada como una pánfila! Repasó lo que ella le había dicho hacía un rato, lo que él le había dicho, sus ojos enrojecidos por el esfuerzo del partido, su camiseta arrugada, esas pantorrillas tan blancas que sobresalían de los pantalones cortos azules de deporte... ¡Le iba a resultar muy difícil concentrarse en estudiar!

11
Noche de chicas

Para cuando llegó el sábado, se le habían acumulado tantos deberes que tuvo que desechar la idea de asistir al partido de vóley del domingo. Había estado pensando mil maneras para llegar a todo, pero tampoco podía hacer milagros... Así que si quería que su madre la dejara tranquila, en lugar de ir a animar al equipo de Frida y ver a Eric, tendría que pasarse el domingo empollando lengua para el examen del martes. Eso sí que era un sacrificio. ¡No iba a tener tiempo ni para ir a la pelu! Al final tendría que pedirle a su madre que le cortase ella las puntas por mucha lata que le diera. Todos sus planes se habían ido a la porra...

El sábado a media tarde, Frida y Bea se presentaron en su casa con sus mochilas llenas de libros dispuestas a pasar una larga velada de raíces cuadradas. La idea era acabar pronto para empezar la organización del casting, aunque de esta parte no estuviera enterada la ogra.

María les advirtió que debían aprovechar bien esa tarde de estudio porque la evaluación pasaría en un abrir y cerrar de ojos. Todas le aseguraron casi con juramentos de sangre que así lo harían, desde luego que sí.

Solo cuando se quedaron solas, Frida y Bea comenzaron a respirar. La madre de Lucía tenía ese efecto sobre ellas. El peligro había pasado.

Fueron a sacar los libros y libretas, ya relajadas y sentadas entre la alfombra del suelo, el puf y la cama, cuando, de pronto, volvió a abrir la puerta María sin avisar. Las tres pegaron tal bote que a la madre se le escapó media risa.

—Nada de música ni de tele hasta que no hayáis terminado —ordenó recuperando su autoridad.

Y volvió a marcharse sin más.

Las chicas se concentraron en terminar cuanto antes los deberes que el Papudo les había pedido.

Frida se pegó en el pecho una etiqueta que ponía,

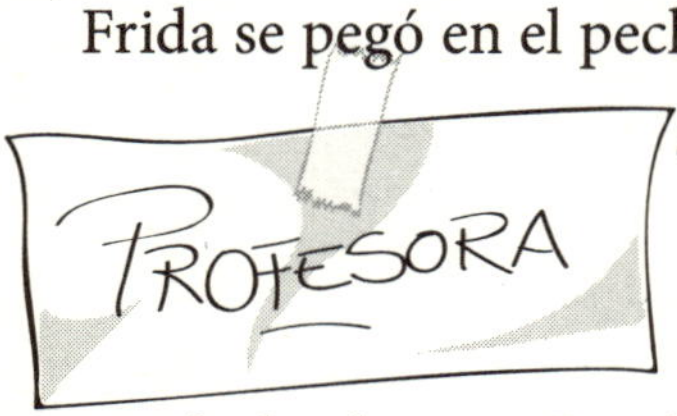

se estiró la cola de caballo hasta que se le estiraron también los ojos, y dio por comenzada la clase. A Bea le colocó la pegatina de

—Estáis estupendas —dijo Lucía haciéndoles una foto para enviársela a Marta en un WhatsApp

del grupo ZR4E que ponía: «Profesora Frida y Ayudante». Con un poco de suerte estaría conectada al wi-fi de su casa...

Marta respondió al momento:

«Ueco xa mí! 

«Siempr. Dp casting, + divr », le dijo Lucía. Las demás tenían sus móviles guardados y (por lo que veía) silenciados.

Después dedicó un rato a repetir los pasos que anunciaba Frida para las raíces cuadradas, pero cuando llegaba el segundo ya se había perdido... como si le borraran la memoria o la hubieran abducido en plan *Expediente X*. Así que volvió a escribir a Marta: «CmO sI m AbLaRaN n IdiOmA d MaRt».

Se estaba riendo de lo que le había respondido Marta: «Frida pued kusar s fcto…», cuando, de pronto, un grito de Frida la hizo volver a su habitación y a la clase.

—¡Quieres dejar el móvil ya! Si no escuchas, no te vas a enterar de nada.

—Mira quién fue a hablar… ¿Cuántas veces te he dicho que no teclees mientras te hablo? —protestó Lucía.

Sin atender excusas, Bea le quitó el teléfono de las manos siguiendo órdenes y Frida la obligó a ponerse de pie para que repitiera todo lo que ella decía, como si fuera un loro.

—Paso, ¿de qué me va a servir eso? A lo mejor es que necesito descansar porque se me está chamuscando el cerebro... —sugirió Lucía.

—Perdona, guapa, pero de descansar nada. ¿Quién manda aquí, eh? —Señaló su etiqueta de PROFESORA—: ¡Ayudante! Haz tu trabajo...

Lucía entornó los ojos y Bea le dio la mano para que se pusiera en pie delante de las dos mientras le susurraba: «Es por tu bien». Entonces comenzó a repetir palabra por palabra lo que decía Frida, hasta tenerlo bien memorizado. A continuación, la obligó a corearlo al mismo ritmo que ella resolvía, paso por paso, una raíz cuadrada en su libreta. Lucía se dio cuenta de que no era tan difícil... Solo había que escuchar.

—¡Ahora yo! ¡Ahora yo! —exigió emocionada.

Efectivamente, la siguiente la bordó. Y también la siguiente.

—El Papudo se va a enterar —anunció Lucía imaginándose su siguiente clase de mates.

—Tendrá que buscarse otra víctima —reconoció Bea.

Ya podía verlo... Cuando la obligara a salir a la pizarra y descubriera lo que sabía hacer, la miraría con esos ojos redondos sin parpadear siquiera, como un pez globo. No volvería a avergonzarla nunca más. Y Susana ya no sería la única que hacía bien los ejercicios. Casi podía oír los aplausos de sus compañeros, que la vitorearían por su triunfo. Marisa se quedaría muerta de envidia en su sitio en la primera fila...

Unos golpecitos en la puerta pusieron rígidas a sus amigas. María apareció con una caja de pizza familiar en las manos:

—¿Tenéis hambre?

Las chicas se miraron como si aquello fuera un examen oral.

—¿Tanto habéis cotorreado que se os ha dormido la lengua? —bromeó María.

—No, si no hemos parado de estudiar —se dio prisa en aclarar Frida—. Lucía es ya una experta en mates.

—Te lo agradezco, Profesora —respondió María guiñándole un ojo.

—Sí, creo que esto te lo puedes quitar. Ya se te han subido bastante los humos… —dijo Lucía despegándole a Frida la etiqueta de la camiseta. Después, a Bea.

—Bueno, qué, ¿cenamos o estáis de ayuno? —insistió María doblando los brazos que sostenían la pizza.

Las chicas se pusieron de pie y siguieron a

la madre de Lucía hacia el comedor, donde ya estaba la mesa preparada para las cuatro. Solo estaban ellas, porque esa noche, como cada dos sábados al mes, José María tenía que trabajar en el restaurante. Mientras abría la caja de la pizza, la madre de Lucía anunció:

—La he pedido sin cortar para que podáis calcular el ángulo de las porciones.

—Muy graciosa mamá —le regañó Lucía.

—A ver si es que yo no puedo gastar bromas —se quejó la madre.

—Mientras no me avergüences…

Lucía cayó en que su madre estaba de tan buen humor gracias al notable de ciencias naturales que había sacado. Se dio palmaditas en la espalda mentalmente.

Frida y Bea se reían divertidas. Pasaron el resto de la velada entre las bromas que la madre de Lucía soltaba y las regañinas que Lucía le dedicaba. Su imagen de ogra parecía formar parte del pasado.

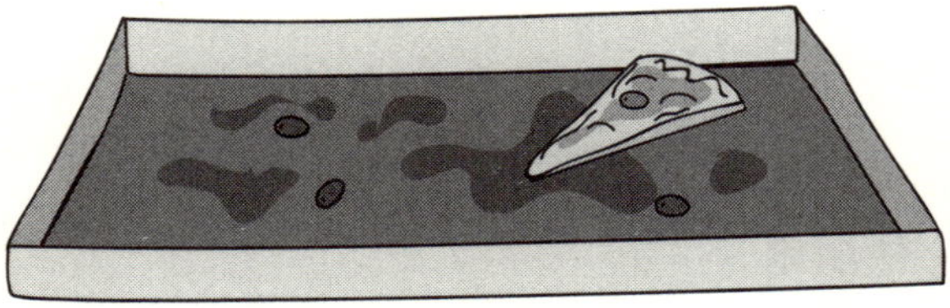

12

Ante todo, organización ✓

—Vamos a hacer una tabla con todas las chicas que te han llamado, Frida —sugirió Lucía sentándose frente al escritorio y quitándose todavía tomate de la cara.

Al encender el ordenador, Lucía vio que tenía un e-mail nuevo. Era de Marta.

De: Marta (lapoetisamarta@hotmail.com)

Para: Lucía (let'sdance@hotmail.com), Frida (arribaFrida@hotmail.com), Bea (doremi@hotmail.com).

Asunto: Rastafari look

Adjunto: despedida.jpg

Chicas:

Os echo tanto de menos que me he puesto a mirar otra vez las fotos del día de nuestra despedida. ¿Verdad que en esta parece que me haya hecho rastas? Jejeje

Besoooooos, ZR4E

Una foto del Club de las Zapatillas Rojas apareció en la pantalla. Estaban en la habitación vacía de Marta. Como nadie podía hacer la foto, habían colocado la cámara en el suelo aguantada por un vaso de plástico y se habían tumbado las cuatro mirando de frente, con la cara apoyada en las manos. Al fondo, se veían los pies de todas levantados con las zapatillas rojas.

Se pusieron de acuerdo y le escribieron la respuesta entre las tres:

De: Lucía (let'sdance@hotmail.com),

Para: Bea (doremi@hotmail.com), Frida (arribaFrida@hotmail.com), Marta (lapoetisamarta@hotmail.com)

Asunto: Re: Rastafari look

Marta:

Con rastas o sin ellas, tu pelo por lo menos no parece de Barbie teñida. Frida se queja de su cara de cazurra y Bea de que sale bizca. Como ves, ninguna está contenta. Anda, mándanos una en la que salgamos dignas. Ya me encargaré yo de colgarla en los álbumes de mi perfil del Tuenti, ya sabes cuánto me gusta tenerlos bien actualizados (Lucía).

Besooooooos, ZR4E

—Cómo molaría que estuviera aquí... —Frida dijo lo que todas estaban pensando.

Lucía sacó de su bolso bandolera la bolsa de chuches que había preparado para esa noche y se la pasó a las chicas para que fuera rulando. Después de la pizza, no había nada mejor que unos cuantos ositos de azúcar, moras, lenguas ácidas y regali-

ces... Abrió el Word y comenzó a hacer una tabla para poner los datos de las candidatas.

Frida sacó unos cuantos papeles sueltos de su mochila, algunas servilletas, trozos de libreta, incluso un calcetín sucio... Estaba todo arrugado y casi no se podía leer lo que tenía escrito. Se quejó de que cada vez que alguien la llamaba por teléfono la pillaba en un sitio diferente y que por eso había tenido que apuntar los nombres y teléfonos en lo primero que tenía a mano.

—También tengo un par de e-mails en mi bandeja de entrada —las avisó cuando hubo tragado la primera gominola.

Bea fue cogiendo esos papeles uno a uno, los alisaba con las manos y trataba de leer lo que en ellos ponía:

—¿Ca... rat... orta? —preguntó entrecerrando sus ojos verdosos de gata.

Lucía se echó a reír al darse cuenta de la burrada que acababa de soltar. Si todos los nombres iban a estar escritos así, estaban apañadas. Bea comenzó a desternillarse también.

—Así que vais de listillas, ¿eh? ¡Pone Carlota! —protestó Frida.

Cogió los papeles a Bea de un manotazo y comenzó a leer los nombres, un poco a trompicones, para qué negarlo:

—Carlota Sierrrrrra... Raquel Martínez, mi capitana de vóley... Susana Écija, más conocida como la *friki* Susana Solitaria... CCClaaaaara Alonso...

—¡Ya basta! —le exigió Lucía—. Ya he captado la directa. Ahora léelos más lentamente, que mis dedos no vuelan.

—Ah, como decías que no se entendía nada...

Lucía resopló mientras empezaba a escribir en el ordenador algunos de los nombres.

—Bea, ¿puedes comprobar que no me equivoco con los números de teléfono?

—¡Claro!

Lucía odiaba que le ocurriera eso y no sería la primera vez ni la última: llamar al número de teléfono que crees que pertenece a tu padre y que te salga la voz de un desconocido quejándose porque le has despertado de la siesta. Vergonzoso, sí.

Fue rellenando, así, la tabla de las candidatas al casting mientras Bea le iba pasando chucherías. Nombres, teléfonos y comentarios previos para situar del tipo de: «Es flexible y puede tocarse el cogote con la pierna», o «Chica enigmática y ojerosa». Eso cuando le sonaba de algo el nombre, porque también los había a los que no podía ponerle (ni ella ni las demás) cara. En esos casos, en el apartado de comentarios, añadía: «Nisu», de «ni su padre la conoce».

En total contó quince chicas que debían citar para que hicieran la prueba del casting ese jueves. Ahora solo faltaba pensar en qué consistiría la prueba y llamarlas.

—¿Preparamos unos pasos para ver si saben hacerlos? —propuso Lucía.

—Naaa, si les damos libertad vendrán con más ganas —resolvió Frida.

—Tampoco van a tener mucho tiempo para practicar —recordó Bea—. Si las llamamos mañana, hasta el jueves solo tienen cuatro días.

—Mejor, más natural —soltó Frida.

—Sí. Lo mejor será que ellas escojan su canción, traigan su propio CD y que bailen lo que les dé la gana. ¿Qué opináis?

—Trato hecho, chicas. —Bea apoyó la decisión y también Frida.

Las tres cerraron el acuerdo con un apretón de manos.

Comentaron que si lo hacían después de comer, tampoco tendrían todo el tiempo del mundo. Así que pactaron dar dos minutos a cada candidata para exhibirse.

—Después comentamos lo que ha puesto cada una en su tabla —les recordó Lucía.

—Y también con Marta, antes de decidir nada —añadió Bea.

Para completar la preparación del primer casting del Club de las Zapatillas Rojas solo faltaba una cosa: repartirse los nombres de las candidatas para llamarlas entre las tres.

—¡¡¡Qué emocionante!!! —exclamó Frida ya metida en el saco que compartía con Bea, a los pies de la cama de Lucía. Tenían la luz apagada y solo se entreveían las caras a través de la luz de la calle que entraba por la ventana—. No sé si voy a poder dormir...

Frida se meneaba en el saco nerviosa.

—¡Ayyyyyy...! —gritó Bea de pronto.

—¿Qué te pasa?

—¡Que tienes los pies fríos! —protestó separándose de Frida.

—No te quejes que tampoco es para tanto...

Lucía salió de su cama y se metió en el saco con sus amigas, dejando a Bea justo en el centro.

—¿No querías calor? —le dijo a Bea.

—Jo, Lucía, parece que hayas estado asándote al horno. ¿De qué está hecha tu cama? ¿De carbón? ¡Qué calor, por Dios! —soltó Frida destapándose.

Las risas no paraban de sonar.

—¿Os imagináis que ganamos el concurso? —les preguntó Lucía mirando al techo.

—Yo sé que soy una chafaplanes, pero, Lucía, no puedes creer que está ganado antes de que lo esté. Si no, luego te llevarás un chasco —la advirtió Bea.

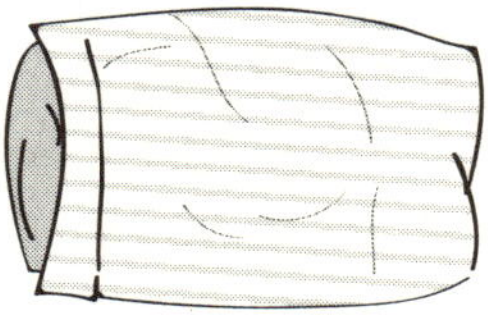

—Mira, Bea, quien no arriesga no gana —le replicó Lucía. Esa era otra de las frases animosas de su padre.

—Exacto. Y tampoco es malo hacerse ilusiones, leche —le dio la razón Frida.

—Yo no digo eso, por favor, entendedme chicas. Solo os recuerdo que no todas las ilusiones se cumplen...

Frida comenzó a roncar en plan cerdo para callar a Bea y funcionó. Entonces pararon los ronquidos y, de pronto, se hizo el silencio en el cuarto.

—Frida, desde luego… eres más bruta que un bocadillo de cemento —le regañó Lucía rompiendo la tensión.

La risa de Bea comenzó a sonar desde el centro del saco.

—Puaaaaaaj, ¿y me llamas tú bruta a mí? —se quejó Frida—. ¿De dónde sacas esas expresiones? ¿De un manual para listillos?

Bea no podía parar de reír, doblada como estaba ya y todo.

—Pero si aquí la única listilla eres tú, las demás somos más tontas que las piedras —soltó Lucía.

Después alargó el brazo, cogió un cojín de su cama y le dio un cojinazo a Frida, que se lo devolvió con su almohada. Bea también recibió y se defendió moviendo la suya a un lado y a otro con los ojos cerrados, repartiendo almohadazos tanto a Lucía como a Frida. Total, para lo que se veía…

La guerra de almohadas duró un rato, hasta que Lucía se volvió a su cama agotada de hacer carreras por la habitación para que no la pillaran. Tras darse las buenas noches, las chicas fueron cayendo como moscas. Lucía se durmió pensando en que todavía les quedaba un largo camino hasta el concurso. Claro que sabía que no iba a ser fácil, pero valía la pena intentarlo.

13
¡A Eric, ni tocarlo!

La primera en despertarse de las tres el domingo fue Lucía, que tuvo que sacudir a las dormilonas para conseguir que se levantaran. Y, después de desayunar unas tazas de Nesquik bien cargaditas y cruasanes de chocolate que José María les había traído recién hechos de la panadería, cada una se fue a su casa. Lucía le pidió a Frida que le dijera a Eric, cuando lo viera, que había tenido que hacer un viaje inesperado y que por eso no iría al partido. Esa excusa le pareció bastante más interesante que la trágica verdad. Bea tampoco iría al partido a animar a Frida porque no tenía más remedio que practicar sus partituras de violín después de que el sábado no hubiera hecho ni el huevo.

A la hora de la comida, tocaba celebrar su notable de naturales y fue su abuela Agustina de visita, con sus fabulosos champiñones al ajillo. Además, su madre hizo los canelones que tanto le gustaban, así que Lucía se puso las botas. Con el trabajo en la agencia de publicidad, María no tenía mucho tiempo para cocinar durante la semana, pero desde luego había heredado las dotes culinarias de su propia madre. Lucía repitió plato un par de veces.

—Deja un poco para los demás —protestaba su madre al verla comer a esa velocidad.

—¡Bah! La chiquilla puede comer lo que quiera. Con esa notaza que ha sacado, se lo ha ganado... Además, está creciendo. —Su abuela, que era más buena que todas las cosas, la defendía siempre. Y, como solía ser cuando Agustina estaba delante, su madre callaba. Un lujazo poco habitual.

Lucía dedicó un rato de esa tarde a llamar a sus cinco candidatas al casting para darles la convocatoria. Así que se puso en plan secretaria y fue informando una a una de su cita para el jueves. Resultó que todas estaban de lo más entusiasmadas y Lucía tuvo que improvisar métodos para abreviar las conversaciones sin resultar desagradable; no quería dar a su madre un nuevo motivo para enfadarse con ella, pues las facturas del móvil eran también un tema peliagudo... El resto del domingo se lo pasó estudiando sin levantar la cabeza de las mil reglas de acentuación para el examen que les pondría la Urraca el martes a primera hora. Como si no fuera suficiente martirio el examen, ¡encima, tendría que hacerlo medio sopa!

La clase de matemáticas del lunes resultó un éxito. Cuando Lucía salió a la pizarra y resolvió los ejercicios correctamente se sintió como una especie de estrella de la gran pantalla. Al Papudo pareció mutarle la cara y hacérsele como más ligera y menos hinchada. Lucía creyó verle sonreír incluso mientras soltaba aliviado: «Menos mal».

Para cuando llegó el examen de lengua el martes, Lucía tenía tal batiburrillo en la cabeza de tanto estudiar que ya no distinguía entre lo que era un diptongo o un hiato. Ni los taconeos de la Urraca entrando en clase a las nueve en punto de la mañana le aclararon las ideas.

—¡Todos a vuestros sitios y cerrad los libros ya! —gritó.

La clase entera obedeció y la profe se dispuso a repartir la hoja del examen a cada alumno, uno a uno, mientras hacía su habitual revisión antichuletas. De pronto, se agachó al lado de Lucía y, tras hacerse con un papel que estaba ahí tirado como si nada, se lo entregó a ella:

—Es para ti —dijo.

Ella lo miró extrañada y sorprendida, pero no rechistó. En el papel ponía únicamente:

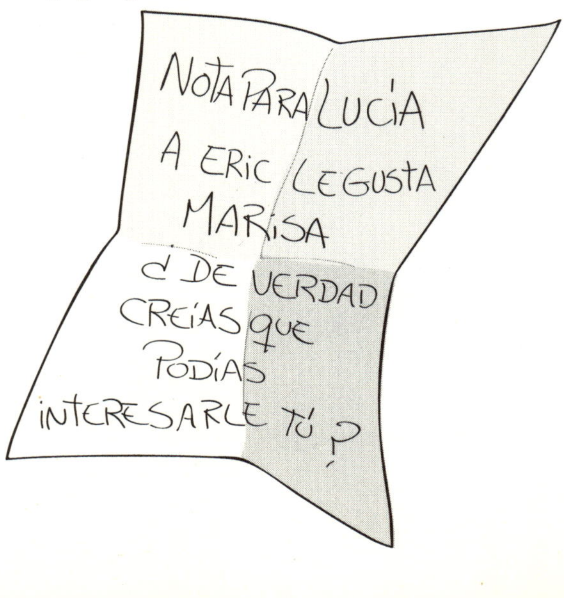

Se quedó pasmada. Al instante buscó a Marisa con la mirada, y vio que la observaba con media sonrisa. Ella intentó poner cara de póquer y se volvió hacia la ventana, como para quitar importancia a la nota. Respiró hondo y evitó volver a mirarla, como si no existiera. Como decía su padre, no hay mayor desprecio que el no hacer aprecio.

Era imposible que ese ser sin sangre caliente le gustara a Eric… ¡Eso era de locos! ¿Verdad? ¿O había sucedido algo durante el partido del domingo que ella ignoraba? Lucía comenzó a puntear la mesa con el lápiz. Tic-tic-tic, tic-tic-tic… Encima, la Urraca había leído el dichoso mensaje…

—Lucía, guarda ese papel y empieza el examen, anda —le advirtió la profe, que había tomado asiento en su trono.

Intentó controlar sus manos temblorosas, dobló la nota y la guardó en el bolsillo de su chaqueta. Miró el reloj de la clase: ya solo le quedaban veinte minutos para empezar y acabar su examen. Por poco que le apeteciera, se obligó a mirar el papel, a coger su lápiz y a acentuar aquellas palabras. Zalamerías, conspicuo, paranoica… ¿Paranoica? Esa sí la conocía, era exactamente lo que significaba Marisa. En aquel listado había por lo menos veinte palabras y muchas no las había visto en su vida.

—¡Arggg! —gritó por lo bajini.

Cuando la Urraca anunció el final del examen, a Lucía todavía le faltaban unas cuantas palabras por acentuar. Un sudor frío le recorría el espinazo: la obra maestra de Marisa no solo arruinaría su futuro con Eric sino también un examen para el que llevaba días estudiando. Estuvo acentuando palabras hasta que la Urraca le arrancó la hoja de las manos. Tendría que esperar a ver las notas, pero no apostaría mucho por ella... Quizá tendría que empezar a asumir que un PROFESOR PARTICULAR no era tan mala idea.

Lucía no se enteró de la otra mitad de la clase. Parecía que se le iba la cabeza, como si estuviera a punto de desmayarse. No apartaba sus ojos del reloj, que parecía que tuviera las pilas gastadas porque iba más lento que una tortuga coja. Empezó a recoger sus cosas cuando la aguja marcaba un minuto para que acabara la clase y en cuanto sonó el timbre salió la primera. No podía estar más tiempo ahí sentada.

En el pasillo se apoyó en la pared a la espera de que salieran Frida o Bea para contárselo todo.

—Lo siento, me ha entretenido Luis con una pregunta sobre el examen —le dijo Frida señalando a un chico que iba de un compañero a otro haciendo preguntas—. ¿Qué ponía la nota?

Lucía se la dio y Frida abrió tanto los ojos que parecía que se le iban a salir.

—¿He sido lo suficientemente clara? —Las interrumpió la voz de Marisa acercándose a ellas.

Lucía comenzó a respirar más y más rápido, porque parecía que el corazón iba por su cuenta. Estaba dispuesta a saltar sobre la chepa de esa cursi y darle una paliza si no la dejaba en paz. Se la quedó mirando desafiante sin decir nada y esperó que lo captara. Pero Marisa le sacaba como dos palmos y no pareció inmutarse. Frida estaba más a su nivel:

—Perdona, pero no hablamos el idioma de los gorrinos —soltó antes de coger a Lucía por el hombro y llevársela dentro de clase.

La sentó en su sitio y ella se arrodilló a su lado:

—No me creo lo que pone aquí. —Señaló la nota—. Esa solo quiere hacerte rabiar.

—¿Tú crees?

Lucía no había caído en esa posibilidad. Empezó a respirar algo más lento y supo exactamente lo que iba a decirle su amiga.

—Tienes que hablar con él —le ordenó Frida.

Aunque ella no lo tenía tan claro... Todavía no era capaz de articular palabra, menos lo sería de ir a Eric a pedirle explicaciones…

—¡Buenos días a todos!

Las interrumpió el profesor de música, el Chorreras, que entraba en clase en ese momento. Lucía tenía una hora entera para decidirse.

EXAMEN ESCRITO

14
Los minutos pasan taaan leeentos...

El Chorreras vestía siempre una camisa de manga larga con volantes en el pecho, de ahí el apodo. Esa mañana la llevaba de color naranja. Había traído consigo una columna de CD para explicar algunos periodos de la historia de la música, y, tras un emotivo prólogo, comenzó a poner canciones. La mayoría parecían extraídas de una misa dominical.

—«Renacimiento» significa volver a nacer —explicaba como si sus oyentes fueran cortos y no supieran lo que la palabrita significaba.

Lucía no prestaba mucha atención. En su mente solo cabía imaginar lo que tendría que hacer cuando acabara la clase. Así que, con un tal Monteverdi de fondo, se dedicó a ensayar mentalmente lo que le diría a Eric. Se vio a sí misma caminando hacia él, saludándole como quien no quiere la cosa, y, de pronto, atacándole a la yugular. «¿Te gusta Marisa o qué?», le preguntaría. No, eso no lo podía hacer… ¿Es que estaba loca? Tenía que ser más sutil. La pregunta era: ¿cómo?

Notaba gotitas de sudor descendiendo por su frente. Se apartó el flequillo con la mano y después se lo volvió a peinar hacia delante. No podía presentarse ante Eric con una cresta improvisada. Solo quedaban diez minutos, así que lo mejor era recuperar la escena que interpretaría en un rato: hablaría a Eric suave y sin reproches, mantendría siempre la sonrisa para no darle mal rollo, y se despediría tan amable como siempre, fuera cual fuese la respuesta…

«Riiiiiiiiiiiiiing»

Lucía se sobresaltó: había llegado el momento de la verdad…

—¡Tú puedes! —la animó Frida ya a su lado.

La acompañó fuera de clase como si fuera su entrenadora y la estuviera preparando para el partido de su vida.

—Mantén la calma y todo irá bien.

Sí, no había duda de que esos comentarios los había aprendido de su entrenadora de vóley. Lucía no estaba segura de nada, pero su amiga tenía razón: había que intentarlo. Frida la empujó hasta el otro lado del pasillo, donde estaba la puerta de la clase C ya abierta.

Desde el umbral, Lucía esperaba distinguir la melena de Eric cuanto antes, pero por mucho que buscaba no lo veía. ¿Dónde demonios estaba? Al poco llegó hasta ellas Bea, ya con el abrigo puesto, dispuesta a salir al recreo.

—Espera un momento —le ordenó Lucía sin más explicaciones, tan concentrada como estaba en su objetivo.

La clase se fue vaciando y ella seguía en la puerta por la que salían todos. ¡Faltó poco para que la aplastaran! Apenas quedaban ya tres compañeros en la clase y ninguno era el susodicho.

—¿Dónde está Eric? —le preguntó al fin a Bea.

—No lo sé. Hoy le tocaba taller de tecno, pero creo que no estaba...

—¿Querías que me pasara aquí toda la mañana buscando o qué? ¡¿Por qué no me lo has dicho antes?! —le gritó Lucía.

—¡Tú no me has preguntado!

—Aaaaaarrrg. —Lucía perdió los nervios y comenzó a correr por el pasillo.

—Pero ¿qué es lo que pasa? —preguntó Bea totalmente desconcertada. Perseguía a Lucía y a Frida todo lo rápido que podía.

Lucía le dio la nota de Marisa y Frida le contó lo sucedido mientras se dirigían escaleras abajo, donde estaba el taller. Un grupo de chicos parado delante de la puerta no paraba de hablar a voces de circuitos y demás. Reconoció a Manu y a Quique, dos chicos que siempre iban juntos y parecían gemelos aunque no lo fueran. Había ido a clase con ellos en primaria. Se les plantó delante y preguntó:

—¿Sabéis si Eric ha salido ya?

La miraron como si no supieran la respuesta. Manu preguntó a otro que pasaba por allí, pero tampoco lo había visto. Lucía estaba a punto de irse ya totalmente decepcionada cuando, de repente, oyó:

—¿Eric? Se encontraba mal y se ha ido a casa. —Era Jaime, el amigo de Eric, que salía del aula en ese momento.

—Ese tío dice que… —fue a transmitirle Quique la información.

—Ya, ya le he oído. Gracias —le dijo Lucía. Y después a Jaime—: Pero ¿qué le pasaba?

—En la enfermería le han dicho que tenía fiebre y que podía irse a casa. No temas, solo será una gripe —bromeó Jaime guiñándole un ojo, y a Lucía le saltaron los colores.

Jaime se alejó por el pasillo y ella se quedó con la cabeza gacha. Cuando se acercaron sus amigas, se desahogó:

—Qué fastidio. Ahora tendré que esperar hasta mañana…

Lucía pasó el resto del día con la sensación de estar en otra galaxia. Hizo una foto de la nota de Marisa y la envió al grupo de ZR4E del WhatsApp para que la viera Marta. Tardó un segundo en responderle:

«Pfff...  Cn tanta nvidia ya no sab ke invntar».

Las palabras de apoyo de sus amigas eran lo único que necesitaba y por eso se pasó todas las clases de ese día con el móvil escondido en la chaqueta, poniendo a caldo a Marisa por el WhatsApp y leyendo las respuestas solidarias de Bea, Frida y Marta:

«Ojala s l caiga esa mlna tñida i s kede klva», ponía una.

«Ojala l salga 1 grano llno d pus n toda l frnt», decía otra.

«Ojala suspnda todas i rpita curso», y otra.

Cuando terminó el día y ya estaba en la cama deseó con todas sus fuerzas que al día siguiente las noticias fueran muy distintas: que Eric ya estuviera recuperado de su gripe, que ella fuera su chica y Marisa una mentirosa. Solo esperaba que el rumor de la reina de las creídas no se extendiera demasiado mientras tanto.

Inicio Perfil Mensajes Gente Videos Buscar subir fotos

S curioso ke en alemán los sueños se llamen Träume.

4 ME GUSTA

Frida suena a trauma. psadillas?

Bea ke foto tan bonita

Lucía poetisa!

Marta no e dormido aciendo trabajo d sociales…

Bea chupado!

Marta l Patillas (profe) no s muy amigable

Frida cn ese nombre…

Marta jajajaja, tnías ke vrle l pelazo…

Lucía foto?

Marta lo intntaré

Bea

Marta suert n l ksting hoy!!! ZR4E!

15
Que empiecen el casting

A pesar del incidente con la bruja, Lucía había sacado en el examen de lengua nada menos que un notable alto, lo que había llevado a su madre a celebrarlo por todo lo alto: le había preparado el postre que más le gustaba del mundo, tarta de queso con mermelada de fresa por encima. Eso estaba bien.

Lo que no estaba tan bien era que Eric no hubiera regresado a clase todavía, y que ella no hubiera podido preguntarle sobre Marisa. Había pensado en escribirle por el Tuenti, pero ni le había visto conectado ni quería que él creyera que era una loca perseguidora. Todo esto implicaba que el rumor siguiera intacto y se expandiera como la espuma por la escuela. Además, se decía que lo que sufría Eric era la enfermedad del beso. No había que ser

muy listo, entonces, para atar cabos: Eric y Marisa se habrían besado.

Pero como esa imagen le provocaba auténticos repeluses, Lucía se había obligado a pasar página. Prefería invertir su tiempo pensando en cosas más importantes y bonitas, como por ejemplo el baile. Aunque todavía no tenían canción escogida, había estado ensayando algunos pasos para la coreografía que podían quedar la mar de bien. No eran difíciles, pero necesitarían a chicas ágiles y con el equilibrio justo y necesario.

Por primera vez en su vida, el jueves por la mañana llegó a la escuela incluso diez minutos antes de las nueve. Se despertó dando un salto de la cama y se pasó el rato de la ducha cantando a Justin Bieber para calentar motores. No dejó de cantarlo mentalmente hasta que llegó el gran momento…

Después de comer a toda prisa, la primera en llegar al gimnasio fue Frida. Así que, cuando aparecieron Lucía y Bea, ya estaba todo preparado: unas mesas juntas al fondo de la sala en plan tribunal, y un aparato de música, imprescindible. Bea se sentó en medio de las dos, ella se encargaría del cronómetro. Frida presentaría y Lucía se ocuparía de la música.

Un buen número de candidatas estaban ya allí.

Vestidas con el chándal del colegio, esperaban en un rincón a que comenzaran las pruebas. Algunas calentaban como si fueran a presentarse a un casting para la tele, otras simplemente esperaban.

Con las tablas y los bolis preparados, Frida dio por comenzado el casting dándoles la bienvenida a todas. Sin entretenerse demasiado, llamó a la candidata que ocupaba el primer puesto de la lista.

—Raquel Martínez.

Era la capitana de su equipo de vóley. Inmediatamente, una chica alta y atlética dio un salto, se puso en pie y corrió a donde estaban ellas. Saludó a Frida con un leve gesto de cabeza y entregó su CD: *Under the Mistletoe.*

—La canción número 5, por favor —anunció cuando Lucía le preguntó la pista.

Empezó a sonar la melodía de «Fa La La» al mismo tiempo que Raquel comenzaba a moverse con soltura. La voz de Justin Bieber inundaba el gimnasio y ella seguía el ritmo perfectamente. Aunque era una canción bastante lenta, Raquel efectuaba piruetas y levantamientos de piernas con bastante agilidad. Lucía se fijó en que Frida sonreía satisfecha de su compañera de equipo.

Cuando pasaron los dos minutos, Bea paró el cronómetro y Lucía la música.

—Gracias, Raquel. Pronto tendrás nuestra respuesta —anunció Frida muy seria.

Se la notaba con ganas de decir más, pero Lucía la había advertido sobre ello. Su madre había participado en muchos castings y la noche anterior, mientras preparaba la pasta para la cena, le había ofrecido algún que otro consejo útil al respecto. Era de vital importancia no mostrar ninguna opinión hasta dar el casting por acabado.

Raquel recuperó su CD y abandonó el gimnasio dejando espacio a la siguiente candidata.

—Celia Domingo —anunció Frida.

«¿Celia Domingo?» En la tabla ponía «Nisu», porque ni a Lucía ni a nadie le sonaba. Una chica con cara desconocida se colocó en el centro del gimnasio. De inmediato, se dieron cuenta de que el chándal de Celia no podía pertenecer a su colegio: era amarillo.

Las juezas se miraron incrédulas y comenzaron a cuchichear sobre cómo afrontar la situación: ¿cómo diablos se había enterado del casting?, ¿cómo se había colado en el colegio sin que nadie la descubriera? Frida habló en nombre de todas con voz de lo más profesional:

—Disculpa, Celia, pero tengo que pedirte que te marches.

—¿Por qué?

Frida le explicó que si no era alumna de esa escuela lo iban a tener difícil para ensayar. Celia acabó por aceptar el rechazo, aunque con poca deportividad: chasqueó la lengua con fastidio y se fue del gimnasio protestando.

Como no había tiempo que perder, Frida anunció la siguiente candidata:

—Diana Escribano.

Diana iba a la clase de Bea, llevaba gafas de pasta y el pelo cortado en plan príncipe de Beukelaer. Lucía no tenía ni idea de que le gustara el baile; más bien pensaba que su destino era hacer uno de esos monólogos de la Paramount, aunque tampoco estaba segura de que tuviera talento para eso.

—No sé si la canción que he escogido estará a vuestra altura. Sobre todo a la tuya, Frida —le guiñó un ojo en plan chistosa mientras le entregaba a Lucía el CD de *Believe*. Después le pidió que pusiera «Boyfriend». Al menos la chica no tenía mal gusto…

Diana se plantó en medio de la sala y justo cuando la voz de Justin empezaba a sonar en plan rapeo lento, Lucía no se lo podía creer… ¡Diana comenzó a hablar!

—Ahora un poco de breaking dance —dijo mientras levantaba una pierna hacia delante y luego hacia atrás, sin ritmo de nada.

—También me gusta la salsa, y no solo la de la carbonara. —Se rió ella sola mientras movía las caderas a su bola.

Lucía se volvió incrédula hacia Bea y Frida, que no salían de su espanto. ¿Qué diablos estaba haciendo? A las tres se les escapó la risa, pero fueron rápidas y se taparon la cara con las manos, aunque Diana estaba tan metida en su monólogo bailado que no se dio ni cuenta. Para terminar, hizo una vuelta en plan Michael Jackson y dijo:

—Yeaaah...

Aunque estaba difícil, Frida supo mantener la compostura y, sin risas ni chistes malos, le dio las gracias a Diana. Después, dio paso a la siguiente candidata: Patricia Garrido.

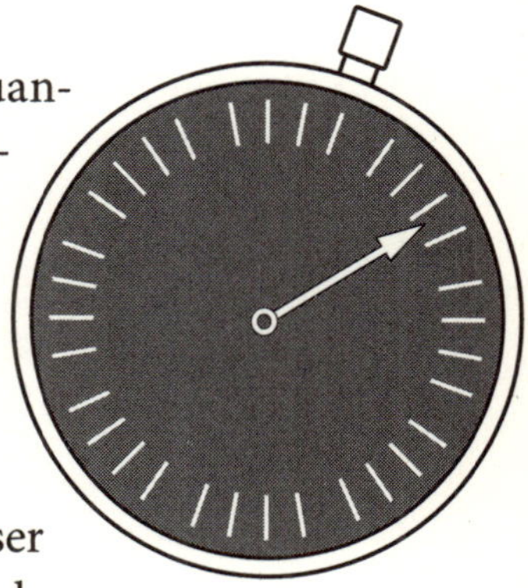

Todavía quedaban unas cuantas chicas. Lucía tenía la esperanza de que no todas fueran «Nisu» o unos desastres bailando. Tampoco pedía que fueran gacelas, solo que tuvieran un poco de ritmo.

Pero Patricia ✓ resultó ser bastante enclenque y no supo alcanzar el listón que habían marcado. Tampoco lo hizo ↘ Carlota Sierra, que no encontraba el equilibrio por ningún lado; ni Clara Alonso y su baile del orangután; ni Amelia Frutos, por muy atleta que fuera (¿cómo puede alguien enredarse con sus propios brazos?); ni Lorena Izquierdo, a la que Frida tuvo que practicarle la maniobra de Heimlich para sacarle el chicle que se le había quedado pegado en la garganta; ni la siguiente, ni la siguiente...

Lucía empezaba a ponerse un poco histérica. Su pie rebotaba en el suelo sin pausa y ya no sabía cómo sentarse. Frida la miró desde su sitio con la cara un poco desencajada y le pidió que se estuviera quieta. Bea parecía no inmutarse con nada.

Cuando leyó en la tabla el nombre de la siguiente candidata, empezó a hacerse a la idea de que tendrían que organizar un nuevo casting. En ese no iban a encontrar lo que estaban buscando.

—¿Susana Écija? —anunció Frida preguntando; tampoco podía disimular su recelo. Al menos había tenido a bien omitir el apelativo por el que todas la conocían: Solitaria.

Susana caminó hacia ellas y les entregó su CD, que era de los primeros que había sacado Bieber en su carrera musical: *My world 2.0.*

—La número 2, por favor —pidió.

Le sorprendió descubrir que eligiera «Up», una de las canciones que más le gustaba a Lucía, de todos los discos del cantante. ¿Cómo podía coincidir en gustos con esa? ¡No se parecían en nada! Su cara era tan pálida que no debía de haber visto el sol en toda su vida; llevaba el pelo, más negro que el carbón, cortado como un chico, y lleno de trasquilones. Además de que los veinte pendientes que agujereaban sus orejas no podían ser higiénicos de ninguna manera... ¡Imposible! Y no había que olvidar que era la mejor en mates, una asignatura que ella detestaba.

Lucía puso el CD mordiéndose el labio para disimular su poca fe. Le dio al «Play». Susana cerró los ojos y comenzó a moverse en contoneos fluidos y bonitos. Sus piernas se estiraban y doblaban como si fueran de goma, con las manos colocadas suavemente a un lado y a otro.

No podía ser... Lucía estaba teniendo sentimientos encontrados. Por un lado le fastidiaba que, precisamente, Susana también fuera buena en eso... Por otro lado, viendo cómo estaba yendo el casting, y que apenas quedaban ya pruebas por realizar, se sintió aliviada: Susana bailaba mejor que ninguna otra y podría salvarlas del fracaso.

Bea le dio un codazo de pronto para que parara la música. Tan concentrada estaba Lucía, que se le había pasado el tiempo.

—Gracias, Susana, te llamaremos —anunció Frida.

Sin preguntar cuándo ni nada, Susana recuperó su CD y salió de allí con el mismo andar ausente de siempre, como si ese mundo no fuera con ella.

A partir de entonces, Lucía cronometró bastante más relajada los dos minutos de todas las chicas que quedaban en el gimnasio. Algunas de las convocadas no se presentaron, y otras ni siquiera sabían lo que estaban haciendo allí. Pero Lucía se notaba satisfecha con el resultado. Estaba convencida de que ya tenían a las ganadoras. Ahora solo faltaba ver cuál era la opinión de las demás.

Inicio Perfil Mensajes Gente Videos Buscar subir fotos

Trabajo ntregado!

Lucía sakrás un 10, sguro

Marta l patillas parecía satisfecho

Frida OLEEEEEEEEE

Lucía oy a sido 1 buen día xa todas

Frida ksting = prueba superadaaaa

Marta & the winners are…

Frida Susana & Raquel!

Bea Patricia tampoco staba nada mal…

Lucía jajaja, xo si era un pato mareado!

Bea xagrada

Frida pasó + rato n suelo ke bailando…

Marta tienen ke sr ls mjors!

Lucía of course! ZR4E!!

16
La canción definitiva

«Biiiiiiiip.»

El sábado por la mañana, cuando sonó el despertador, Lucía llevaba ya un rato despierta... ¡eso sí que era un milagro! Los días de diario solía quedarse remoloneando en la cama hasta quince minutos más, haciéndose a la idea de que tenía que ponerse el uniforme e ir a clase. Pero, entonces, su madre entraba en la habitación y la levantaba a golpe de persiana. Ese sábado, sin embargo, no solo se había puesto ella el despertador para llegar puntual a su cita con las chicas en casa de Bea, sino que —¡encima!— se había despertado antes.

Estaba tan nerviosa que casi no había dormido nada. La noche anterior se había quedado hasta bien tarde seleccionando la ropa que se pondría. Y es que aquella reunión no era una cualquiera: sería la primera vez que se veían las caras con las nuevas fuera del colegio. De ahí que su vestuario fuera de vital importancia: tenía que ser cómodo, pero no tirado a lo chándal viejo; algo que dijera cómo era ella. Después de sacar medio armario, se quedó con sus tejanos más ajustados, las botas y la camisa a cuadros violeta y azules.

Desayunó algo rapidito para evitar que cayeran gotas indeseadas sobre su inmaculada vestimenta y salió escopeteada a casa de Bea.

A Lucía siempre le había gustado la buhardilla de la casa de su amiga: con ese techo inclinado, era un rincón de lo más acogedor. Un espacio hecho a su medida, con sus propias reglas. Con los años, habían ido trayendo algunos pósters, juegos y cosas que cada una tenía en su casa: un móvil de lunas y estrellas, una vieja caja de música... También tenían una minicadena y un televisor en el que se quedaban viendo pelis hasta altas horas de la madrugada. Cuando estaban allí, imaginaban que eran compañeras de piso y vivían solas, porque nadie subía a molestarlas. Así que no podía haber mejor lugar para los ensayos.

Al llegar, Lucía se encontró con que todas la esperaban a pesar de las prisas que se había dado por ser puntual. En cuanto vio la cara de Frida supo que le echaría la bronca y no se equivocaba:

—¡¡¡¡Nenaaa, que era a las diez, no a las once...!!!!

Para esa reunión, Frida había escogido unos pantalones elásticos de chándal guapos, de color negro, parecidos a los de Raquel, rojos. Susana vestía igual que en las excursiones de la escuela: ropa negra y un pañuelo azul oscuro enrollado al cuello. Bea había optado por sus tejanos caídos y un jersey de color azul cielo, a juego con sus calcetines.

—Venga, no exageres —le respondió Lucía dándole dos besos en las mejillas. Después a las demás—: ¿Os gusta nuestro lugar de ensayo?

—Es muy cuco —soltó Susana.

—Sí, es como una versión de la casa del árbol de las pelis americanas.

Lucía sonrió ante la ocurrencia de Raquel.

—No quiero ser ansias, pero aquí el tema que nos ocupa es otro: la canción —las apuró Frida.

Se sentaron en corro alrededor de la minicadena y la columna de CD de Justin Bieber. Como buena fan, Bea conservaba las carátulas en perfecto estado sin un solo rayajo. Igual que las demás.

—Yo los tengo en un archivador —confesó Susana—. Así no corren riesgos innecesarios.

Aunque leve, era tangible la separación entre las tres de siempre y las dos nuevas. A un lado: Bea, Lucía y Frida; al otro: Raquel y Susana, un pelín apartadas. Se estiraron en su sitio y se miraron unas a otras sin saber muy bien cómo comenzar. Se notaba que apenas se conocían: una se frotaba las manos, otra jugueteaba con los anillos, otra miraba a una esquina como buscando algo... estaban paradas y cortadas. Lucía rompió el hielo preguntando quién sería la encargada de ir poniendo las canciones.

—¡Yo misma! —anunció Frida, para variar.

—¿Alguna tiene pensada ya una? —preguntó Bea.

—¿Qué tal «Up»? —propuso Susana sin arriesgarse mucho; era la que ella había bailado en el casting.

Lucía planteó escoger mejor una canción nueva entre todas, que ninguna hubiera bailado en su prueba. A las demás les pareció una gran idea. Ahora faltaba por ver cómo seleccionarla entre las docenas que tenía el cantante.

—¿Y si cada una apunta en un papel las canciones que más le gustan de todos los CD y las vamos poniendo? —formuló Bea.

—¡Eres una *crack*, tía! Bien pensado —exclamó Raquel.

Bea sonrió tímida mientras se levantaba a por una libreta y cinco bolis. Después fue repartiéndolos a cada una.

—¿Qué limite tenemos? —preguntó Susana—. ¿Ponemos que cada una elija cinco canciones?

—*Perfect* —respondió Frida.

En unos pocos minutos, las chicas ya tenían su lista de canciones apuntada y Frida fue recopilándolas. Empezó a reproducirlas una a una, y los comentarios fueron de lo más variados.

—Esa es un pastelazo... —se quejó Frida de «Baby», que a Lucía no le parecía mal del todo.

—¡Como si las demás fueran la fiesta! —señaló Susana.

—Ya, pero es que además está más vista que el tebeo, tía —la siguió Raquel.

—La verdad es que podíamos innovar un poquito... —le dio la razón Bea, que parecía bastante afín a Raquel.

Al escuchar las canciones, Lucía imaginaba los pasos que había comenzado a planear para la córeo. Pero cada una de las chicas se dejaba llevar por la música a su manera. De vez en cuando, sonaba un gorgorito de Frida, que era buena deportista pero que no tenía muy por la mano eso de entonar. No como Bea, que lo hacía muy bien, aunque bajito, para que no se la oyera. Susana movía la cabeza arriba y abajo rítmicamente, y Raquel bailaba en el sitio.

—Qué mono... —se le escapó a Bea cuando escuchaba la letra de «Only Thing I Ever Get for Christmas».

—No estamos en Navidad... —objetó Lucía.

Cuando sonó «One Time», la primera que sacó el cantante, Raquel la rechazó porque en esa Justin parecía un crío.

—Claro, mejor que cante como el hombre que es ahora —se burló Frida.

Lucía había hecho su lista pensando en las canciones que le recordaban a momentos únicos, y, cada vez que sonaba una de ellas, era como si los reviviera. El último día de clase antes del verano de hacía un par de años, por ejemplo, era «Favorite Girl», y quiso compartirlo con las demás.

—Ay, sí, qué buenooooo —soltó Frida—. Estábamos en la piscina de mi urbanización…

Aquella tarde, Marta, Frida, Lucía y Bea se dedicaron a beber Coca-Cola sin fin mientras se tostaban al sol, con la música de Los 40 Principales de fondo. Cuando sonó «Favorite Girl» subieron el volumen y las cuatro se pusieron a bailar y a cantar a grito pelado sobre sus toallas sin importarles que todos los vecinos de la comunidad estuvieran asomados a sus terrazas.

Las chicas se rieron y Susana comprendió la sensación:

—Es lo mejor… Saber que no habrá que volver al colegio en tres meses. —Cerró los ojos como imaginando ese último día de escuela.

—¡Ya te digo! —exclamó Frida con los ojos muy abiertos.

—A mí con esa canción también se me pone la piel de pollo, tía —reconoció Raquel.

—De gallina... —la corrigió Susana.

—No, no, es de pollo, estoy segura. Me recuerda a Alba, mi mejor amiga. Se marchó a vivir a Nueva York hace un año y la echo de menos cantidad —insistió Raquel.

—Te entiendo perfectamente —respondió Bea.

Entre las tres explicaron a las nuevas la marcha de Marta y el objetivo de ese viaje a Berlín que tanto deseaban ganar. Cada vez tenían más cosas en común…

Mientras sonaba «Drummer Boy», Susana les habló de su llegada a la escuela a mitad de la primera evaluación, y de lo que había dejado en la otra.

—¿Cómo es que te mudaste cuando ya había empezado el curso? —le preguntó Lucía.

—Una profesora y yo no nos entendíamos. Después de meterme en algunos líos, acabaron echándome de la escuela definitivamente.

—¡Pero si eres súper lista! —se le escapó a Lucía.

—Gracias —sonrió Susana—. Pero eso es lo de menos cuando te has colado en el comedor para robar la merienda de los pequeños; o has hecho campana y te pillan la nota falsa de tu madre. Y podría seguir…

—Eras una malota —se le escapó a Frida.

—Por eso ahora me comporto. Bastante mal lo ha pasado ya mi pobre madre…

—La familia es un tema espinoso… —soltó Lucía.

Lucía se sentía muy cómoda en ese corro cada vez más unido y, aunque la familia era un tema que no le gustaba, habló de la suya. Lo mismo que Frida explicó cuál era su infierno personal: su hermano Dani, quien cogía el teléfono siempre que ella hablaba y le daba pellizcos de vaca cuando estaba distraída. Bea no tenía nada en común con sus dos hermanos mayores, Marcos y Pablo, uno un borde, el otro un viciado de la Xbox. Los problemas de Raquel venían de su hermana mayor, Rosa, que aunque estaba en la universidad y no vivía en casa, seguía fastidiándola como si lo hiciera; la pequeña, Carla, era una mimada pero tampoco la molestaba mucho. Susana solo tenía un hermano, Aitor, un año mayor que ella, pero se llevaban bien y no discutían mucho. Sí discutía más con su padre, que criticaba cada día su forma de vestir y su comportamiento pasado.

Así, las canciones fueron sonando, al mismo ritmo que sus historias…

17

¿Se te ha comido la lengua el gato?

—«All I Want is You» a la de una, «All I want is You» a la de dos, «All I Want is you» a la de tres… ¡Aprobada! —anunció Lucía. Era ya media mañana y acababan de ponerse al fin de acuerdo.

—Vaya una canción... —sonó de pronto la voz profunda de Marcos.

La intromisión del hermano mayor de Bea las sobresaltó a todas. Tenía diecisiete años a punto de los dieciocho, y jugaba de pívot al baloncesto, por eso medía casi dos metros y sus músculos eran alargados. Tenía el pelo castaño de punta y los ojos tan verdes como los de su hermana. Bea saltó rápidamente de su sitio y fue a por su hermano para

empujarlo con todas sus fuerzas hacia las escaleras para que se marchara.

—¡No puedes estar aquí! —le echó la bronca.

Pero Marcos se zafó de ella:

—Me manda mamá para serviros, así que no te quejes.

Lucía vio que Frida se ponía muy estirada en su sitio y cerraba la boca como un mimo.

—¿Te pasa algo? —le preguntó con media sonrisa.

—Chissst —le contestó ella—, calla, no me avergüences.

Lo que le pasaba a Frida era que bebía los vientos por Marcos. Se notaba sobre todo porque él era la única persona que conseguía silenciarla. ¡Parecía que se le había comido la lengua el gato!

A Lucía se le escapó la risa y Frida acabó por enfadarse. Se puso de pie y se alejó de ella. El intento le salió fatal, pues, al verla, Marcos comenzó a hablarle:

—Venga, Frida. ¿Qué quieres tomar tú? —preguntó con voz seca.

Frida se quedó paralizada, como si hubiera visto un fantasma, y Marcos la miraba extrañado, como si la muchacha estuviera p'allá.

—Es que está afónica de tanto cantar… —mintió Lucía para salvarle el cuello—. Pero un sándwich de Nutella estaría bien, gracias.

Frida se lo agradeció y Marcos puso los ojos en blanco. Después fue preguntando a las demás qué querían, ¡no tenía toda la mañana! Todas acabaron pidiendo lo mismo y él las acusó de aburridas. Hasta que Marcos no se hubo marchado, Frida no volvió a sentarse en su sitio: ¡estaba roja como un tomate! Era el centro de todas las miradas.

—¿Vuelves a tener voz? —bromeó Lucía.

—Qué graciosa... —respondió Frida tapándose la cara.

Después compartió con todas su gran secreto: llevaba soñando con Marcos desde que era una ñaja de siete años.

—No entiendo cómo puede gustarte mi hermano, con lo borde que es…

—Cada una tenemos nuestros gustos… A mí Jaime me hace tilín, por ejemplo, y eso que le saco medio metro —confesó Raquel.

—¡¿Jaime el amigo de Eric?! —se le escapó a Lucía.

Les explicó lo sucedido con Marisa y la nota. Efectivamente, todas estaban al día de los rumores.

—Esa tía es como Cruella de Vil, pero sin canas —soltó Raquel, y todas se rieron.

Bea recordó que también ella se presentaba al concurso con sus Pitiminís y Susana dijo haberlas visto ensayando en el recreo, luciéndose con sus pasos de aerobic delante de todos.

De pronto, Lucía se puso de pie y todas se la quedaron mirando extrañadas.

—Tenemos que empezar YA los ensayos —anunció como si le hubieran echado un cubo de agua fría.

Notaba como un subidón de adrenalina. Se acababa de dar cuenta de que no había tiempo que perder. Llevaba dos semanas dando vueltas a ideas para la córeo. Ahora tenían el grupo montado y había llegado el momento de compartir y aportar cosas.

—No podemos dejarlas ganar —admitió Susana.

—¿Estás de broma? Eso no va a pasar... —añadió Frida poniéndose en pie.

Una a una, las chicas fueron levantándose del suelo. Todas querían lo mismo: ganar.

Lucía comenzó a explicar lo que llevaba pensado para el baile.

—Todavía no está acabado, porque hasta hoy no había música, pero la cosa iría así...

Empezarían todas en el centro y luego se separarían para hacer cada una lo suyo, como mezclando los distintos estilos.

—Tú podrías hacer eso que hiciste en la prueba... —le dijo a Raquel moviendo los brazos. Y después a Susana—: Y tú, moverte con esa agilidad...

Cada una fue aportando su estilo y su carácter a aquel baile que debía llevarlas a la victoria. JUNTAS.

De: Marta (lapoetisamarta@hotmail.com)

Para: Bea (doremi@hotmail.com), Frida (arribaFrida@hotmail.com), Lucía (let'sdance@hotmail.com)

Asunto: ¡Qué duro es hacer turismo!

Adjunto: muertayenterrada.jpg

¡¡¡¡¡¡«All I Want» molaaaaaaaaa!!!!!! Habéis elegido muy bien.

Yo me he pasado el sábado haciendo turismo con mis padres y este es el resultado... Qué horror, ¿eh? Me la ha hecho el gracioso de mi padre y dice que así ya tiene algo con lo que chantajearme cuando no quiera hacer lo que me pide. Estos padres...

Miss u,

ZR4E

18

Un buen fichaje

El grupo de baile encajaba perfectamente. Lucía estaba como si se hubiera quitado un gran peso de encima, como si se deshiciera de una de esas mochilas que tenía que llevar a las excursiones y que, saco de dormir incluido, pesaban toneladas.

Parecía que se habían encontrado en el momento oportuno. Raquel se había pasado la vida jugando a vóley y estudiando, así que casi no tenía amigas. Ni en la clase B, que era a la que iba, ni en ninguna otra. Y como Susana se había trasladado a mitad de evaluación, tampoco había tenido mucho tiempo de conocer a la gente. Ahora, las tenían a ellas y, en poco tiempo, se habían acostumbrado a compartir mucho: el olivo en los recreos, la mesa en el comedor... Y el baile, claro. El baile estaba siempre en sus cabezas.

Habían pasado dos semanas justas desde que hicieran esa primera sesión en la buhardilla y, desde entonces, siempre que podían, buscaban un rato para ensayar el trozo nuevo de la coreografía. La profe Maite era maja y les prestaba el gimnasio cuando estaba libre, que solía ser al menos un par de días por semana. Primero de la ESO era exigente y tenían exámenes todas las semanas, lo que significaba que no existían los sábados para ensayar, solo para estudiar. Además, gran parte de los domingos Frida y Raquel tenían partido…

Lucía se estaba retrasando un poco con el montaje de la córeo por estudiar demasiado. Pero si quería salvarse del PROFESOR PARTICULAR no tenía más remedio que hincar los codos. Así que intentaba ponerse la canción de «All I Want is You» una y otra vez mientras estudiaba, para ver si a la vez le venía la inspiración. No había pensado que las personas con las que convivía podían no ser tan fans de Justin como ella…

Ese sábado por la tarde, su madre acabó por rebelarse. Según parecía, las paredes de su casa no eran lo que se dice... gruesas. Una de las trescientas veces que Lucía dio al «Play» en su equipo de música, su madre acabó abriéndole la puerta:

—¿Qué? —le preguntó Lucía molesta.

—Que no estás sola y me vas a volver loca. Además, ¿no tienes que estudiar?

—¿Qué te crees que estoy haciendo? —le señaló el libro abierto Lucía.

—Sí, seguro que así estudias mucho... Diez minutos y la apagas.

Su madre se dio la vuelta y salió de allí. No tardaron en empezar a sonar sus gritos a través de las paredes... ¡por encima de la música! Había llamado a su padre...

Como no tenía ganas de discutir, escribió a las chicas a través del grupo que se habían creado en el WhatsApp por si querían quedar en un rato. Lo habían titulado «Grupo Ganador», y tenían puesta una foto de Justin Bieber con su gorra. Todas se mostraron predispuestas a verse. Vale que tuvieran exámenes y que no pudieran ensayar, pero sí podían hacer un hueco para despejar la mente.

Lucía se animó a estrenar al fin los tacones que le regaló Lorena por Navidad. Salió con unas bailarinas y se los puso en el portal de su casa, para que su madre no se alborotara más todavía. En cuanto los vieron, las chicas se deshicieron en halagos comentando lo bien que le quedaban. ¡Por lo menos, ya no era la más bajita! Así estaban algo más equilibradas... Hizo una foto de grupo y se la mandó a Marta, para que también lo viera.

«¡Chachi!  », respondió ella.

Primero pasaron por la plazoleta de detrás del cole, para ver si paraba por los bancos alguien interesante de su clase. Lucía pensaba en Eric, para qué engañarse... Pero ese día, tal como esperaba, no había nadie, porque Eric seguía enfermo con la enfermedad esa del beso. Así que se fueron directas al cine a ver la última de Maxi Iglesias.

Estaban haciendo cola en las taquillas cuando, mucho más adelante, distinguieron a Marisa con sus Pitiminís comprando sus entradas. Lucía se paró en seco.

—Socorro. Que no me vea...

—Yo te cubro —se ofreció Raquel poniéndose delante de ella. Era lo suficientemente alta como para taparla entera.

—No va sola —anunció Susana.

—Qué pendón —dijo Bea.

Ahora Marisa se adentraba ya en el cine con sus entradas en la mano. La acompañaban unos chicos que a Lucía no le sonaban de nada.

—Por favor, que se metan en otra sala, por favor... —suplicaba.

Sus plegarias fueron escuchadas y Marisa se metió en una sala donde daban una peli americana. Lucía se frotó la frente con la mano en señal de alivio y pasó el resto de la cola hasta la taquilla mucho más tranquila.

La peli y las abdominales del protagonista la distrajeron de todos los follones. Pero, cuando acabó y llegó el momento de salir de la sala, puso a todas alerta: había que evitar a toda costa encontrarse con Marisa y su séquito. No tenía ganas de enfrentarse a ella en ese momento. Así que se pusieron manos a la obra: esperaron a que el cine se vaciara por completo, los créditos habían acabado hacía rato, y Frida fue a hacer guardia a la puerta. Se asomó y miró a un lado y a otro con el brazo levantado. Al final lo bajó para dar la señal de paso: tenían vía libre.

Lucía salió de la sala acompañada de las demás y, justo cuando pasaban por delante de los lavabos, oyó la voz que más detestaba del planeta:

—Puedes esconderte todo lo que quieras. Al final tendremos que vernos las caras igual —le dijo Marisa.

Las otras la siguieron obedientes cuando pasó por delante de ella con su andar provocativo.

—Yo no tengo que esconderme de nadie —respondió Lucía consciente de que eso era precisamente lo que había hecho—. Como si te tuviera miedo…

—Quizá deberías... —Marisa soltó una carcajada y siguió avanzando hacia la puerta de la calle.

Allí la esperaban los mismos chicos de antes. Juntos se alejaron del cine sin mirar atrás.

De camino al *burguer*, dedicaron toda clase de insultos a su archienemiga, lo que la hizo sentir mejor. Para cuando se sentó frente a su hamburguesa con queso y un cubo de refresco, ya se había olvidado de Marisa y de sus maldades. No iba a dejar que le estropeara su tarde libre.

—Lo mejor de la peli, los ojos de Maxi Iglesias, tía —soltó Raquel con la pajita entre los dientes.

Dijo que se parecían al color del mar del Caribe, porque era igual de transparente. Después, se puso a explicar por qué el agua era verde o azul. Raquel tenía esa manía debido a la cantidad de tele que se tragaba: le encantaban los programas de *Callejeros Viajeros* y los documentales del Discovery. El día que Lucía lo descubrió fue en el comedor del colegio. Les pusieron paella de primer plato y, con una gamba enana pinchada en el te-

nedor, Raquel explicó que estas nacían siendo machos y que luego cambiaban de sexo solas, por arte de magia. Todas se la quedaron mirando como si estuviera chiflada y ella solo dijo:

—Supongo que por eso no tengo muchas amigas.

Se acabaron riendo juntas. Desde entonces, cuando ella explicaba algo didáctico, las demás respondían con alguna pregunta para picarla. Por eso Frida, sentada justo delante de ella en el *burguer*, le preguntó:

—Nena, ¿quieres ser exploradora?

—No lo sé, quizá, ¿por...?

—Pues empieza explorando esto —respondió Frida estampándole media hamburguesa en los morros.

Raquel empezó a reír y se atragantó, y casi escupió parte de su Coca-Cola sobre Frida, pero se contuvo.

—A mí, mientras haya amor, cualquier peli me gusta... —confesó Bea de pronto.

—¡Qué fifí eres! —se burló Frida.

—Y tú una marimacho, no te fastidia...

Frida se quejó de que a ella no le gustaban solo las películas de acción como a los chicos, también le encantaban las policíacas:

—Te pasas la película buscando pistas.

—Y si luego aciertas con el malo te sientes súper lista —le dio la razón Susana.

—*¡Sastamente!*

—Casi siempre son de lo más previsibles... —les llevó la contraria Bea.

Frida arremetió contra Bea otra vez, diciéndole que qué sabría ella, si solo veía sensiblerías tontas. Al final, Lucía intervino:

—¿Voy a tener que hablar de *Tienes un e-mail*? —le preguntó.

Clavó los ojos en ella, para que pensara bien su respuesta. Se hizo el silencio durante unos segundos.

—Cuenta, cuenta —lo rompió Bea excitada.

Frida entrecerró los ojos y cabeceó para quitarle importancia a lo que estaba a punto de contar.

—Esa película es un clásico, me da igual lo que digáis.

—¡Por favor... es la cosa más ñoña que se ha hecho nunca! —se quejó Lucía.

Raquel y Susana se mantuvieron un poco al margen de aquella discusión.

—No lo es tanto —se justificó Frida—. Tom Hanks tiene mucha gracia, y la librería de Meg Ryan es una pasada... ¡Hasta yo viviría en ella!

Frida se entretuvo explicando que había visto esa película por primera vez con su madre hacía varios años. Era la única comedia romántica que le gustaba, tampoco era para tanto... No era como Bea, que SOLO veía eso.

—No hay más que ver los calcetines que llevas hoy. ¿Es que quieres dejarnos ciegas? —la chinchó.

—Que te den, Frida. Cada una escoge sus complementos.

—A mí el rosa chicle me parece un color valiente —dijo entonces Susana.

—Gracias, a mí me gustan tus anillos —respondió Bea señalando los tres anillos de plata que Susana llevaba en las manos.

—Sí, ¿quién te los regaló? —le preguntó Lucía que estaba sentada justo enfrente y llevaba un rato fijándose en ellos.

Resultó que cada uno tenía su historia: el de los tres aros unidos se lo había regalado su madre por su décimo cumpleaños; el de la piedra negra se lo había comprado ella en un mercadillo con su primera paga y el otro, que tenía forma de mariposa, se lo había encontrado en el metro, lo había limpiado y se lo había quedado.

De pronto, un chico alto y mayor que ellas se acercó a la mesa paralizando toda conversación. Llevaba pantalones y chupa de cuero. Las chicas se miraron extrañadas, hasta que se dieron cuenta de que Bea lo conocía:

—¿Qué tal, Diego?

Era un amigo de Marcos y le preguntó a Bea por él. Hacía días que no le veía el pelo porque se pasaba la vida estudiando y jugando al baloncesto.

Bea prometió recordarle a su hermano que le llamara y Diego se marchó por donde había venido.

Lucía miró a Frida, que estaba callada y con las mejillas igual de incendiadas que si hubiera sido el propio Marcos quien se había acercado a ellas.

—¿Qué pasa con Marcos? —le preguntó Lucía de pronto.

—¿Qué pasa? —Se dedicó a sorber refresco de su pajita evitando mirarla—. Que está estudiando, ¿no?

—No te hagas la tonta, anda. Algo tienes que hacer si tanto te gusta... —se quejó Lucía.

Pero Frida estaba convencida de que Marcos jamás se fijaría en ella porque la veía como a una niña pequeña.

—Eso es porque eres amiga de su hermana pequeña —la corrigió Susana señalando a Bea, quien asintió dándole la razón.

Lo que tenía que hacer Frida era hablar con él un día para demostrarle que era toda una mujer.

—¡Pero si me quedo más callada que un trozo de madera cuando está delante!

—Eso también tiene solución…

Susana explicó el plan que ella había puesto en práctica más de una vez. Entre todas podían pensar en unas cuantas frases que Frida tendría que memorizar. Cada una sobre un tema. Tampoco hacían falta muchas, diez más o menos. Así, la siguiente vez que Frida lo tuviera delante se las podría ir soltando dando pie a una conversación en toda regla. Susana estaba segura de que en cuanto él descubriera todo lo que tenían en común, dejaría de considerarla la amiga de su hermanita y todo iría como la seda.

—¿Tú crees que funcionará? —le preguntó Frida.

—No lo creo, lo sé.

Susana siempre parecía tan segura de sí misma que conseguiría convencer a un caracol de llevar paraguas.

—¡Hora del helado! —exclamó Frida de pronto.

Todas se pusieron en pie obedientes y salieron del *burguer* con Frida como guía. Iban a una heladería que estaba unas pocas calles más abajo y que hacía el helado de yogur más rico de toda Barcelona.

De camino, comenzaron a surgir ideas para el plan que cambiaría la imagen de Frida ante Marcos. Juntas lo conseguirían:

—Puedes hablarle del último partido del Barça —dijo Raquel.

—Pero no de las piernas de Piqué —resolvió Lucía.

Todas se rieron antes de seguir pensando más temas potencialmente interesantes.

Inicio Perfil Mensajes Gente Videos Buscar subir fotos

Un San Valentín de lo más dulce.

4 ME GUSTA

Lucía rico ricooooo!

Bea bonito bodegón

Frida sguro ke ya no kda ni 1!

Marta jajajaja, 1 sí!

19

A Bea se le va la pinza

Había llegado el 14 de febrero, día de San Valentín. Las chicas se desesperaban esperando su tarjeta, los chicos se ponían nerviosos por entregarlas.

En la primera pausa entre clases de la mañana, Frida las cogió a todas por banda y anunció toda excitada:

—Me ha llegado una tarjeta anónima...

Sacó de su mochila un corazón de cartulina rojo y dentro ponía:

—Feliz San Valentín, Frida.

No estaba firmada.

—No da muchas pistas... —soltó Susana.

—Ni idea de quién puede ser. La tenía en el cajón del pupitre esta mañana —confesó Frida con voz solemne—. Me siento vigilada... —Dirigía sus ojos demasiado abiertos a un lado y a otro.

—Déjate llevar, tía. Ya sabes que tienes un admirador, pues disfrútalo... —le dijo Raquel.

—Eso. Otras nos tenemos que conformar con la tarjeta de nuestro padre —protestó Bea.

Frida sonreía de oreja a oreja cuando entraron en clase y tomaron asiento.

—¡Se me olvidaba! —exclamó corriendo hacia el sitio de Lucía.

Le entregó un sobre con una tarjeta dentro y la avisó:

—Me ha pedido que te la dé y me ha dado pena el pobre Bola...

Lucía se encogió de hombros y abrió la tarjeta que Dani, el hermano de Frida, le enviaba. Por lo menos era original: salía Darth Vader y la reina Amidala cogidos de la mano.

—Es genial —se rió.

—Vaya, se me han adelantado —sonó la voz de Toni a su espalda.

Venía a entregarle una también. Después le dio la suya a Frida. No era porque le gustaran ni nada parecido: todos los años Toni regalaba una tarjeta a todas las chicas de la clase. Como si fuera Casanova...

Lucía cogió la invitación de Toni sin mucha emoción. Se trataba de una rosa metida en un corazón y ponía:

«Una rosa para decir... ¡feliz San Valentín!».

Le dio las gracias y la guardó en el cajón, junto con la de Dani. La única que ella quería recibir no llegaría. Eric seguía enfermo y sin dar señales de vida. Ni siquiera actualizaba su estado en el Tuenti. No había escrito nada en su perfil desde hacía siglos. Pues sí que era destructora la enfermedad esa del beso... De lejos vio cómo Toni le daba también su tarjeta a Marisa, que llevaba en la mano ya un buen montón con las ocho mil que cada año le regalaban. Quizá entre ellas también había una de Eric. Lucía sacudió la cabeza para quitarse esa idea.

Ese día pasó como cualquier otro. Con la excepción de que Frida no paró de sospechar de todos los chicos del colegio. Cada vez que uno la miraba de refilón, corría a Lucía y le preguntaba:

—¿Será ese?

Pero nadie confesó nada y se fueron a casa con la idea de que su Valentín era un poco cobarde.

El miércoles, después de comer, el gimnasio estaba libre y las chicas aprovecharon para ensayar, como venían haciendo en las tres últimas semanas.

A diferencia de su academia de danza, como allí no había espejo, Lucía prefería quedarse frente a las chicas en plan monitora. Así estudiaba sus pasos y ellas también podían verla mejor. Se compró un silbato y, a golpe de expiración, les marcaba uno a uno los pasos.

—Frida, cuando levantes los brazos, cuidado de no sacarle un ojo a Raquel —le advertía Lucía.

—Claro, como lo hago a propósito…

—Más te vale no dejarme ciega, a ver si te voy a dejar yo a ti muda.

—¡Eso sería lo peor! —bromeó Frida divertida.

Lucía se rió y dio unas palmadas para atraer la atención de las chicas.

—Muy bien. Después del giro, tenéis que doblar las piernas y moveros de lado, primero a la izquierda, después a la derecha. Y mientras tanto…

Lucía se entretuvo en explicar el paso otra vez y después observó cómo ellas lo practicaban. Todavía faltaba tanta córeo por planificar… Además, había algunos pasos que llevaban ensayando desde el principio y todavía no salían. Frida lo hizo bastante bien, y Raquel y Susana también, pero Bea, cuando fue a dar el salto, se cayó de culo.

—Por lo menos, de ahí ya seguro que no te caes… —se burló Frida. Las demás le rieron la gracia.

—Ja-ja, qué chistosa —respondió Bea levantándose.

—Venga, otra vez —la animó Lucía—. ¡Esto tiene que salir hoy! ¡Venga chicas! Uno, dos…

Volvieron a repetir el paso pero Bea se equivocó de lado en el giro y, aunque entonces no acabó en el suelo, sí lo hizo mirando al lado opuesto.

—Bea, llevamos días con este paso. No es tan difícil, venga —le dijo Lucía, que empezaba a ponerse nerviosa con los tiempos.

—Mira, Lucía, no me sale, lo siento... ¿No podemos cambiarlo por uno más fácil?

No era la primera excusa que ponía Bea. Ya le había dicho que estaba cansada y que le dolía el tobillo. Así que Lucía se daba cuenta de que el problema no era el paso, si no ella, que no quería esforzarse. Le suplicó que lo repitiera una vez más antes de darse por vencida. Pero esta vez Bea volvió a caerse y se quedó panza arriba, rendida.

—Mira, como las cucas —bromeó Frida poniendo las manos hacia delante y moviéndolas, como si fueran las patitas de una cucaracha.

Las demás se estaban tronchando. Todas menos Bea, que se puso de pie con la mano en la espalda y la cara avinagrada.

—Yo no le veo la gracia.

—Venga, Bea, no es para tanto —le dijo Lucía.

—Estoy harta de que os riáis de mí. Claro, vosotras sois todas perfectas y os sale todo bien. Dejadme tranquila.

Bea recogió su bolsa de deporte y sin cambiarse se marchó de allí. Lucía se la quedó mirando con ojos como platos... No se lo podía creer: ¡las había dejado tiradas! Y todo porque no le salía un paso. En la academia de danza practicabas y practicabas hasta que te salía bien. ¿Es que en el Liceo no era igual con el violín? ¿Qué le pasaba a Bea?

—Se ha pasado tres pueblos —se quejó Lucía dolida—. Hago virguerías para planificar la coreografía y ella decide marcharse en mitad de un ensayo.

—No se lo tengas en cuenta, ya sabes que le cuesta... —le aconsejó Susana.

—Y quizá me he pasado un poco con las bromitas —se excusó Frida.

El timbre sonó. Las cuatro se cambiaron el chándal por el uniforme y corrieron cada una a su clase.

El Papudo ya estaba escribiendo en la pizarra cuando Lucía abrió la puerta.

—Parece que estamos flojas de oído —dijo como con sorna. Por lo menos, no parecía que fuera a ponerles un negativo...

Lucía tomó asiento. Se sentó muy recta y atenta para no llamar la atención: no había hecho los deberes que les había puesto el lunes y, como la sacara a la pizarra, lo iba a tener claro. Entre la córeo y una redacción de inglés de esa mañana, había tenido que elegir pasar de las mates por un día...

—Lucía, a la pizarra.

«¡Maldita sea!», pensó y casi se le escapó. Obedeció y caminó al frente de la clase evitando mirar al profe a los ojos. De reojo vio cómo Marisa sonreía con malicia desde su sitio, y Lucía se puso más furiosa todavía. ¿Por qué el Papudo no la llamaba a ella nunca?

—Luis, Toni y Marisa, también —añadió el profesor de pronto, como respondiendo a sus plegarias.

A punto estuvo de darle un abrazo, por marciano que eso pareciera. Era su turno de reírse: Marisa no era ninguna experta en matemáticas. Tampoco Toni sabía a dónde mirar.

Lucía se centró en su ejercicio y se pasó un rato mirando los números sin saber cómo ponerse. Le había entrado un calor terrible. Por el rabillo del ojo vio cómo Marisa resolvía su problema. Respiró aliviada al oír cómo el Papudo le pedía que lo repitiera porque estaba incorrecto.

Cogió la tiza, la apoyó en la pizarra, y se pasó así un rato. De pronto, notó una vibración en el bolsillo derecho de su chaqueta. ¡Glubs! Con las prisas se había olvidado de dejar el teléfono en el cajón. Aprovechando que el Papudo echaba la bronca a Toni, miró su móvil con mucho disimulo: ¡Susana le había escrito por el WhatsApp el resultado de la ecuación!

Copió rápidamente el resultado en la pizarra sin que el Papudo se diera cuenta. Cuando llegó su turno y el profesor comprobó que su ejercicio estaba correcto, dijo:

—Muy bien, Lucía. —Y ella por poco se desmaya de la impresión.

Lo mejor fue la cara de Marisa, que debió de insultarla mentalmente de todas las maneras posibles.

Al acabar la clase, Lucía corrió a Susana y la abrazó hasta casi ahogarla. ¡¡¡Le había salvado la vida!!! Ni siquiera le importó que Marisa la llamara tramposa.

En el pasillo se encontraron con Raquel y, juntas, fueron a la clase de Bea, para aclarar lo sucedido durante el ensayo. A Lucía ya se le había pasado el enfado y suponía que a ella también. Pero cuando se asomó a la clase C, lo que vio la dejó petrificada…

Bea estaba hablando con Marisa en su mesa y, lo que era peor, se la veía cómoda y contenta. Al distinguirlas a lo lejos, las miró un segundo antes de girar la cabeza desdeñosa; les dio la espalda y siguió hablando con la Pitiminí. Frida fue a entrar para pedirle explicaciones, pero la profe de plástica llegaba en ese momento y las echó de allí.

—Si ella se ha vuelto muda, yo también —resolvió Lucía muy mosqueada.

Las demás creyeron que todo era una tontería. Seguramente Bea estaba molesta por las bromas y al día siguiente ya se le habría pasado. Era un enfado ridículo, tampoco podía durarle mucho...

20
Nuestra peor crisis

Al acabar la semana, Lucía no podía creer que Bea siguiera enfadada con ellas. Los días iban pasando y nada. Era como si estuviera viviendo un *reality* sobre cambios radicales.

Desde que se marchó del ensayo, se había dedicado a evitar a las chicas en todas partes. Cada vez que se cruzaban en su camino, ella giraba la cara en otra dirección; dirección en la que normalmente estaba Marisa con su séquito. Parecía que en pocos días se habían hecho amigas inseparables. Un día Raquel hizo el gesto de saludarla, ¡y Bea hizo como si no la viera! Por si fuera poco, también las había bloqueado en el Tuenti…

Ya no la veían ninguna mañana antes de entrar en clase, ni tampoco en los descansos. Marisa había cogido por costumbre pasar el rato sentada en su mesa, hasta que sonaba el timbre y volvía a su clase. La hora de la comida era otro drama, pues Bea se sentaba en el centro de la mesa de las Pitiminís, como miembro honorífico. Todo era demasiado insólito, demasiado imposible de creer...

El sábado tuvieron que anular el ensayo que habían previsto, pues la buhardilla era suya. Era además el sábado de Carnaval, fiesta que las chicas habían celebrado juntas desde que se conocían. Con el ajetreo del baile, no habían preparado disfraces, pero su plan para ese año era sencillo: pintarse unas ojeras y los labios rojo sangre, ponerse pelis de vampiros en la buhardilla, e hincharse a palomitas y chuches hasta empacharse. También eso tuvo que anularse porque Bea seguía sin hablarles…

Lucía pasó el finde con su padre. Aitana se portó como una buena hermana y no se despegó de ella en los dos días, como si supiera que estaba preocupada. Lucía estaba blanda y la dejó quedarse en su habitación mientras reproducía el CD de Justin una y otra vez. La pequeñaja llegó a darle alguna que otra idea aprovechable, y acabó aprendiéndose la canción de memoria, como nueva fan de Justin. Pero ella ya dudaba de que pudieran seguir con el baile... y con el Club de las Zapatillas Rojas.

El martes de Carnaval su colegio competía con otros del barrio en un concurso de disfraces. Pero solo era cosa de primaria y básica, y ellas ya estaban en la ESO.

Por la mañana, después del recreo, Frida entró en la clase poniendo el grito en el cielo. Contó que se acababa de cruzar con Bea en los lavabos. Aprovechando que parecía estar vacío, había intentado hablar con ella pero Bea había puesto los ojos en blanco (gesto muy pitiminiano) y le había pedido que se marchara. Enseguida salió Marisa de uno de los lavabos para echarla también. Por suerte, Frida decidió cerrar el pico, si no, se hubiera armado la gorda. Lucía estaba empezando a perder la paciencia, porque veía que el enfado de Bea era totalmente desproporcionado y les estaba haciendo daño a todas.

En el comedor, al verla sentada junto a sus nuevas amigas, en la otra punta, algo estalló dentro de Lucía.

—¡¡¡Maldita Marisa...!!!!

—Esa tía es lo peor, como un pulpo que manipula todo con sus tentáculos —soltó Raquel.

—Después de todo lo que nos ha hecho… ¿Cómo se puede hacer su amiga?

Lucía estaba pensando en todos los insultos que les había dirigido la Pitiminí. También en su última hazaña, la de robarle a Eric, que ya no había ninguna duda de que fuera cierta: los rumores decían que incluso la madre de él la adoraba y se la llevaba de compras. Parecía que las malas noticias no venían solas…

—Aquí hay gato encerrado... —anunció Frida—. Tenemos que hablar con ella cuando la otra no esté delante.

—Pues sí, porque Marisa le está comiendo la cabeza, seguro. Cuando se propone algo, hace lo que sea… —advirtió Susana.

Había oído por ahí que Marisa consiguió que un profesor expulsara a una compañera solo porque no quiso dejarle copiar en un examen. Y había mil historias como esa.

—Pero Bea tampoco es tonta —protestó Lucía—. Además, he oído que va a hacer un trabajo de tecno con una de las Pitiminís, lo que significa que tendrán que quedar fuera del colegio. —Lucía se quedó paralizada antes de seguir suponiendo—: ¿Se la llevará a nuestra buhardilla también?

—¡No! —gritó Frida como si hubiera visto un fantasma o algo peor—. No sigas por ahí. Seguro que se lo ha inventado todo Marisa —insistió Frida.

—Sí, yo también lo creo. Se aprovecha de que Bea está dolida con nosotras. Por las bromas, porque no le salen los pasos… —dijo Susana.

—Entonces hablaremos con ella hoy mismo.

Lucía vio como Marisa le pasaba el brazo por los hombros a Bea y los pelos se le pusieron como escarpias.

—Nos vemos en el olivo —anunció antes de coger su bandeja y marcharse de allí.

Cuando las demás terminaron su comida, se reunieron en el recreo y trazaron un plan. Bea estaba siendo abducida por las Pitiminís y no podían quedarse de brazos cruzados...

—Frida y yo nos encargamos de hablar con ella —anunció Lucía de pie delante de todas, que la miraban expectantes sentadas en el suelo.

Alzó el dedo en el aire para dar énfasis a lo que estaba a punto de anunciar.

—Vosotras tenéis que entretener al Chorreras, ¿vale? —señaló a Raquel y a Susana.

Ellas aceptaron la misión.

El plan era el siguiente: diez minutos antes de la hora correrían a las clases. Disimulando en el pasillo, esperarían a que Marisa dejara a Bea a solas, que sería justo cuando sonara el timbre. Entonces entraría Lucía a hablar con ella, y las demás se quedarían fuera para que cuando llegara el profe de música pudieran frenarlo. El Chorreras era bastante majete y le gustaba que le hicieran preguntas de su asignatura. Cuando explicaba algo no tenía prisa en acabar. Así seguro que Lucía y Frida contarían con tiempo suficiente de hablar con Bea.

Pero sonó el timbre y Marisa seguía sin moverse de la mesa de Bea. Se estaban poniendo histéricas...

—¿Qué leches hace? No nos va a dar tiempo de nada... —se quejó Lucía entre dientes.

Al fin, oyó cómo se despedía de Bea con «Nos vemos luego». Un momento después pasaba por su lado con una sonrisa que iba, literalmente, de una oreja a la otra.

—Perdedoras —soltó, y siguió caminando hacia su clase.

Lucía se mordió la lengua y se centró en lo que iban a hacer. Advirtió a las demás que estuvieran atentas y cogió a Frida del brazo para entrar en la clase C.

—Bea —la llamó para que levantara los ojos del libro de texto que acababa de abrir.

Bea las miró como si no las conociera. En lugar de echarse a llorar o soltar alguna sensiblería de las suyas, solo les preguntó qué querían, muy bordemente.

—¿Qué narices te pasa? —le preguntó Lucía.

—¿Por qué? Solo he cambiado de amigas —respondió la otra en un tono indiferente.

—¡Pero qué parida! —se le escapó a Frida—. ¿Esas, amigas?

—Mejor que otras, sí. Ya tenéis nuevas amigas, no me necesitáis... —resolvió Bea.

Les explicó muy serena que las amigas que antes tenía la dejaron de lado y se reían de ella, y por eso había cambiado. Después volvió a su libro de texto, como si Lucía y Frida fueran transparentes. Y cuando Bea levantó la vista y les preguntó, toda con falsa inocencia, si querían algo más, pues Lucía… explotó:

—Solo eres una pardilla... —dijo sin morderse ya nada.

Le soltó todo lo que le venía a la cabeza, sin ni siquiera pensarlo: que era una celosa rematada y que si no sabía encajar las bromas no era culpa suya. Le habló de lo harta que estaba de sus chorradas, y de que nunca se había enfadado porque era una buena amiga, pero que motivos tenía todos los que quisiera. ¿Cómo podía irse con Cruella?, le preguntó varias veces.

Cuando ya no le quedaba nada más por decir, se quedó callada. Y Bea también. Sus ojos estaban acuosos, y Lucía sintió pena por ella. Quiso darle un abrazo como los de antes, pero recordó que Bea ya no la quería como amiga. Al levantar la vista, toda la clase la miraba. También Jaime, el amigo de Eric. Manu y Quique comenzaron a cuchichear señalándola descarados con el dedo. De pronto, sonó la voz del Chorreras, que entraba justo para empezar su clase. Raquel y Susana no habrían podido entretenerlo más:

—Creo que hoy somos más de los que deberíamos...

Lucía salió de allí corriendo y Frida la siguió.

Sentía una mezcla de dolor y rabia que no sabía si conseguiría quitarse de encima algún día.

De: Marta (lapoetisamarta@hotmail.com)

Para: Bea (doremi@hotmail.com), Frida (arribaFrida@hotmail.com), Lucía (let'sdance@hotmail.com)

Asunto: ZR4E

Adjunto: paz.jpg

Chicas:

¿Sabéis cómo se dice en alemán hacer las paces? *Sich wieder versöhnen.* ¡Con lo fácil que es darse la mano y ya está! A ver si esto os inspira.

Miss u,
ZR4E

21
El día de la parada de autobús invisible

Lucía estaba hecha polvo. Ni siquiera la clase de danza le había servido para distraerse. No se podía creer lo que estaba sucediendo...

Se tumbó en la cama y abrió su almohada de los secretos. Ahí guardaba algunos recuerdos importantes que había ido coleccionando desde que conoció a las chicas: entradas de cine, servilletas de papel con chistes de Frida, posavasos, una peladilla caducada atada con un lazo rosa de la comunión de Bea...

También estaba la corona de princesa que llevó el primer Carnaval que pasó con las chicas seis años atrás. Se la colocó encima de la cabeza pero ya no le cabía. Se acordaba perfectamente del traje de princesa que llevaba: rosa y con volantes hasta en las mangas. Invitó a Frida, Bea y Marta a la fiesta que se celebraba en su urbanización y se lo pasaron bomba aunque solo hacía unos meses que se conocían. A partir de entonces, cada año se disfrazaban juntas de algo que planeaban con semanas de antelación, como las Supernenas y el Mono Jo-Jo. Notó una especie de peso en el pecho: ese Carnaval era el primero que habían pasado separadas…

Lucía cogió el siguiente recuerdo de la almohada: un billete de autobús. Sonrió al ver que todavía estaba la fecha marcada: 12 de julio del año anterior, un día memorable... Esa tarde, las cuatro se habían propuesto llegar a la inauguración de una tienda de ropa en el centro de Barcelona. Sin embargo, se equivocaron de autobús y de parada y acabaron perdidas por la ciudad… ¡de lo más emocionante! Se metieron por callejones que no habían visto en su vida, preguntaron a desconocidos que se veían más desorientados que ellas… Pasaron varias horas hasta que dieron con la parada del autobús correcta. Cuando lo consiguieron, resultó que era la misma en la que habían estado al principio... ¡qué pelotazo! Bautizaron la experiencia como «El día de la parada de autobús invisible».

—Cuántos recuerdos —susurró Lucía.

Notaba cómo algunas lágrimas asomaban, así que cerró la almohada. Unos golpecitos en la puerta la sobresaltaron. Se restregó los ojos y cuando entró su madre, se sentó a su lado. Le preguntó qué

le pasaba. Lo único es que ella no tenía ganas de contárselo todo desde el principio. Presentía que había hecho algo malo y no le apetecía que su madre se lo reprochara, igual que hacía con sus notas. Pero su madre no era tonta, ni mucho menos:

—¿Qué tal lleváis los ensayos para el concurso? —indagó sutilmente.

—Ahora están algo parados...

María quiso saber cuánto les faltaba para acabar el vídeo. No debía de ser mucho porque para

la fecha de entrega faltaban dos telediarios... Lucía sintió un escalofrío al caer en la cuenta de que, efectivamente, en dos semanas deberían tener acabado su vídeo. La verdad era que casi no lo habían comenzado... Imaginó que Bea grabaría su propio baile con las Pitiminís, sus nuevas amigas. Aquello ya era demasiado...

—Hemos sufrido bajas en el equipo... —dijo al fin Lucía.

Su madre le preguntó por la pelea y ella acabó por contarle que Bea se había marchado del grupo de baile tras discutir en un ensayo. Después cerró la boca porque, si continuaba hablando, empezaría a llorar también. María le recordó que las amigas se enfadaban a menudo y hacían las paces igual. ¿Cuántas veces habían ellas discutido antes?

—Esta vez es diferente —volvió a hablar Lucía. O a intentarlo.

Tal como esperaba, ahí estaba... el torrente de lágrimas vino sin avisar. Lucía se lamentó de su discusión con Bea y porque ella hubiera elegido a Marisa por encima de ellas; la echaba de menos muchísimo, echaba de menos sus ñoñerías por pastelosas que fuesen. Además, tenía muchas ganas de hacer ese viaje con sus amigas a Berlín para ver a Marta, necesitaba que estuvieran todas juntas otra vez. María la abrazaba para consolarla mientras le acariciaba el cabello con ternura, como cuando era pequeña y se caía de morros al suelo cada dos por tres.

—Tu padre siempre decía que uno nunca sabe lo que se le pierde hasta que lo encuentra.

—¿Qué quiere decir eso? —preguntó sorprendida de que su madre recurriera a las palabras de su padre.

—Que todo se arreglará.

Cuando se hubo calmado un poco, María le dijo que la avisaría cuando la cena estuviera preparada y la dejó a solas.

—Nada de deberes por hoy —le concedió.

Lucía le dio las gracias incrédula y se quedó sola en su cuarto. Al ir al armario a coger sus mullidas zapatillas de estar por casa, distinguió las zapatillas rojas. Esas que representaban el club que teóricamente debía mantener juntas a sus amigas hasta el fin de los tiempos.

Apartó el puf y se acercó al escritorio, de donde sacó el diario en el que habían escrito solo unas semanas atrás las diez reglas de oro. Se sentó otra vez en la cama y comenzó a releerlas una a una. Al acabar, se dio cuenta de que se habían incumplido casi todas. Negó con la cabeza pensando en que lo que sucedía era culpa de todas, no solo de Bea. ¿Acaso era posible dar ya marcha atrás?

22

¡Notición!

A la mañana siguiente se hubiera quedado durmiendo el día entero, pero su madre la despertó subiendo la persiana hasta arriba. Tuvo que hacer una grieta en la pared, incluso…

—No quiero, mamá, por favor... —le suplicó Lucía escondiéndose debajo de todas las mantas.

—Lo que no te mata te hace más fuerte —le soltó la muy bruta, dejándola toda destapada. Y, después—: A fuerza de ir todo mal, comienza a ir todo bien.

Decididamente, había abandonado la técnica blanda de la noche anterior. También había optado por recuperar todas las frases hechas de su padre.

—Yo no quiero ser más fuerte, solo seguir soñando cosas buenas...

—De eso nada. Hoy solucionarás tus problemas —le insistió María sin piedad ninguna.

Lucía se dirigió al baño a paso de caracol y le dedicó una de esas miradas de odio que a su madre se la traían al fresco. Por lo menos había tenido el detalle de encender el calefactor y estaba calentito. También le había dejado el uniforme preparado.

Mientras le caía el agua caliente por la cabeza, empezó a sentirse más optimista y valiente...

En cuanto puso los pies en la escuela, Frida, Susana y Raquel se acercaron a ella como con prisas. Lucía se quejó de que todo el mundo insistiera en correr esa mañana menos ella... ¡quería que la dejaran en paz!

—¡Corre! ¡Ven! —la gritaron cogiéndola del brazo y quitándole la mochila.

—¡¡¡Pero ¿¿¿qué os pasaa???!!!

Todos sus intentos por descubrir algo eran ignorados mientras la empujaban escaleras arriba. Era como si un tifón o algo peor se la quisiera tragar por mucho que ella peleara.

—Es *top secret*, pero pronto lo sabrás —la tranquilizó Frida.

Lucía se dio cuenta de que pasaban de largo su clase y seguían adelante en dirección al aula de estudio, justo al final del pasillo. Bea estaba en una esquina del aula y la miraba con ojos de perro abandonado, ya no con la indiferencia del día anterior.

—¿Qué pasa aquí? —quiso saber.

—Pues verás... —comenzó a hablar Frida.

Carraspeó en plan teatro antes de iniciar su explicación. Bea le había escrito un correo la noche anterior diciéndole que tenía que hablar con ellas muy seriamente por algo que había descubierto...

—¿Y por qué te escribió solo a ti?

—Hombre... —comenzó a hablar Bea.

—Hombre ¿qué? —la increpó.

Bea reconoció que tal como había terminado la discusión el día anterior, estaba segura de que eliminaría cualquier correo que quisiera enviarle. Lucía tuvo que darle la razón en eso... Le sorprendió descubrir que ya no había rencor en la voz de Bea, ni tampoco frialdad. ¿Qué había cambiado?

—Marisa quiere haceros daño —anunció entonces Bea con voz grave. Estaba respondiendo a su pregunta sin necesidad de oírla.

—Menuda novedad —respondió decepcionada Lucía de que ese fuera el notición.

Bea rectificó y aclaró la envergadura de la noticia: no era solo que quisiera fastidiarlas como lo había hecho siempre, sino que quería provocarles auténtico daño, de dolor. Les explicó que la tarde anterior oyó cómo Marisa planeaba con las Pitiminís una nueva fatalidad para que no se pudieran presentar al concurso. Así que había corrido a contárselo porque no quería juntarse con gente como Marisa ni que les hicieran daño: debían creerla, la había engañado con sus buenas y falsas palabras. Incluso le había dicho que iría a verla en su próxima audición de violín y ella se lo había creído...

—Creo que se me fue la cabeza... —concluyó Bea para tranquilidad de todas.

—De todas maneras no nos presentaremos al concurso... —desveló Lucía—. Ya no somos cinco.

Lucía miró fijamente a Bea y Bea a Lucía. Cada una sabía exactamente lo que pensaba la otra. No les hacía falta hablar para saber cuánto se arrepentían de todo lo que se habían dicho.

—Lo siento...

—¡Y yo! —la abrazó Lucía sin pensárselo más.

—Te he echado de menos.

—Y yo a vosotras —respondió Bea con la cara hundida en su melena pelirroja.

Cuando se separaron, las dos tenían los ojos llorosos.

—Bueeeno, ya basta de tanta sensiblería —se quejó Frida.

Retomó el tema que era fundamental en ese momento: Marisa y su plan maléfico. Bea les contó que Marisa intentaría hacer alguna trampa en la clase de gimnasia para lesionar a las que iban a su clase. De ese modo se aseguraría su fracaso en el concurso.

—Pues sí que se toma molestias... Debemos de ser una amenaza seria. Tendríamos que sentirnos halagadas... —sugirió Lucía contenta de que todo se hubiera arreglado.

—¡Lo que faltaba! —exclamó Frida.

—Aún tendremos que darle las gracias a la tía esta... —reconoció Raquel.

—¿Cuándo toca gimnasia? —preguntó Lucía.

—Pues esta tarde a última hora... —recordó Susana.

MARTA:

LUCÍA:

BEA:

FRIDA:
sobran las palabras

MARTA:
tb tngo buenas notis!

LUCÍA:
¿???

MARTA:
mi primr 10 n almán

BEA:
enhorabuena, Marta!

FRIDA:
ké mákina

LUCÍA:
yo bien n ingls! ZR4E!!

23
Una clase tensa como poco

Mientras se ponía el chándal, Lucía se aseguró de que nada formara parte del plan de Marisa: las zapatillas blancas resultaron estar libres de objetos punzantes y los pantalones y el polo azules no contaban con más trampa que los molestos botones. Ni Frida ni Susana encontraron nada sospechoso tampoco. ¡Qué clase más tensa les esperaba!

La profesora Maite les explicó con voz animosa que esa tarde dedicarían la hora a practicar con la cuerda lisa en el gimnasio. Como si en lugar de en clase de educación física estuvieran en un campamento militar.

—Por lo menos no hacemos plinto —soltó Susana aliviada.

—Ya te digo...

Solo de imaginar lo que podía hacer Marisa con esa pila de cajones sobre la que tendrían que saltar...

Maite les ordenó dar un par de vueltas al patio para calentar antes de ir al gimnasio. Lucía se unió a Frida y a Susana para correr a su propio ritmo mientras hacían tertulia. Todavía les quedaban muchas pruebas por superar: mazas, aros, espalderas y pelotas campaban a sus anchas por el gimnasio, cualquiera de ellos un arma en potencia en manos de Marisa.

—En boca abierta entran moscas, chicas. Y también falta el aire... —les advirtió Maite al pasar por delante de ellas.

Lucía no tardó en darse cuenta de que, efectivamente, la profe tenía razón y fue perdiendo ritmo irremediablemente. Susana, más de estudiar sentada, corría igual de destartalada, no como Frida, que aguantaba mejor que nadie el cansancio físico, pero que por solidaridad no se separaba de ellas. Marisa las adelantó con su paso grácil y sus piernas largas.

«Te vas a enterar», se dijo Lucía para sus adentros. Pero por mucho que lo intentó, no encontró energía en ningún sitio para ir más rápido y adelantarla... El contraste entre el frescor de pleno febrero y el calor por el esfuerzo, no ayudaba. Le dolían las orejas, que estaban como cubitos. El deporte en invierno no era una buena idea.

—Me rindo —anunció llevándose la mano al pecho.

—El corazón me va a salir disparado por las orejas —soltó Susana.

Todavía les quedaba casi media vuelta. Frida las animaba empujándolas desde atrás con sus palabras de deportividad y perseverancia. También les recordó que si perdían de vista a Marisa, el peligro que corrían sería mayor. Lucía cogió aire y exprimió sus últimas fuerzas para avanzar hasta la meta. Los últimos metros los hicieron caminando.

Ya en el gimnasio, lo único que Lucía quería hacer era tirarse en el suelo a descansar. Sin embargo, las tres filas para subir las tres cuerdas lisas que colgaban del techo ya estaban montadas. Maite les ordenó ponerse a cada una en una. Separadas eran más vulnerables para Marisa, pero no les quedaba otro remedio. Frida les hizo el gesto con la mano de que mantuvieran los ojos bien abiertos. Lucía y Susana asintieron desde sus posiciones, preparadas para no perder detalle.

Lucía estaba tan atenta a las cuerdas que no oyó que le tiraban una pelota casi hasta que la tuvo en la cara.

—¡Socorro! —gritó separándose de ella como si quemara.

—A ver si estás más atenta… —la riñó Maite.

No se había dado cuenta de que la profe estaba repartiendo una pelota a cada dos alumnos. Mientras esperaban su turno en la cuerda lisa, tenían que lanzársela para no quedarse fríos. Se fijó en que todas sus amigas ya tenían parejas asignadas.

Lucía fue a por su pelota, que rodaba ahora en el suelo, y la cogió con los dedos índice de cada mano. Después la revisó milímetro a milímetro para asegurarse de que no hubiera nada clavado con lo que pudiera dañarse. Estuvo por lo menos unos minutos.

—¿Estás pirada o qué? —le preguntó Toni, parado delante de ella. Era su compañero.

—Solo me ha dado un calambre —se excusó un poco avergonzada.

—¡Pues espabila! No quiero que al subir me dé uno a mí y tenga que bajar.

Lucía tiró la pelota con todas sus fuerzas y casi se la metió a Toni en la cara.

—¡Eh! ¡Ten cuidado! —se quejó él. Se pasó la mano por el pelo tirándoselo hacia atrás.

—Perdona, ¿te he despeinado?

Toni le dijo que como le diera en la cara se iba a enterar y así se pasaron los siguientes diez minutos tirándose la pelota lo más flojo posible. De vez en cuando él le pedía que parara y se quedaba mirando la forma de su antebrazo cuando cogía la pelota... Patético no, lo siguiente...

—¡Ahora con mazas! —anunció Maite recuperando las pelotas y haciendo rodar varias mazas por el suelo para que cada alumno cogiera una.

Lucía miró las cuerdas con tres compañeros colgados de ellas. Todavía quedaba un rato para que llegara su turno. Eso de subir no era nada fácil. Muchos se quedaban ahí colgados un rato, sin saber si subir o bajar, y Maite les empujaba a intentarlo hasta asegurarse de que no había nada que hacer.

Lucía miró a Marisa de reojo. Ahora le tocaba a ella y empezó a ascender por la cuerda toda sexy con el culo en pompa.

—Qué estilo tiene, ¿eh? —sonó la voz de Toni, que la miraba babeando.

Fue a darse la vuelta para ignorarlo y, de pronto, su pie pisó algo que no era el suelo. Lo primero que le vino a la mente fue que Marisa, desde las alturas, se las había ingeniado para que ahora tropezara y acabara en el suelo dolorida. Pero al fijarse en lo que había pisado se dio cuenta de que la culpa no era de nadie más que suya: no había recogido del suelo la maza que le había tirado la profe... Consiguió esquivarla y solo dio un tropezón.

—No como otras... —soltó Toni mirándola con la barbilla alta.

—Cállate —le dijo Lucía conteniendo otra vez la vergüenza. No había parado de hacer el ridículo desde que había empezado la clase.

Por lentas, ellas tres eran las últimas en subir. Lucía miró los cuatro metros de cuerda fijamente y le pareció una amenaza en potencia. No importaba que toda la clase acabara de ascender por ella, los planes de Marisa eran retorcidos e imprevisibles, no se podía fiar. Notó un viento frío en el cogote.

Cogió la cuerda con ambas manos y tiró de ella con todas sus fuerzas. Una vez y después otra... Parecía que estaba bien sujeta. Miró a Susana y a Frida, quienes hacían exactamente lo mismo que ella: velar por sus huesos.

—Es para hoy —sonó la profesora Maite.

Les prometió que la cuerda no se caería, nunca lo había hecho.

—Siempre hay una primera vez... —respondió Frida.

Lucía hizo presa con los pies y comenzó a subir lentamente, todavía desconfiada. Cada vez que ascendía un poco miraba al suelo para calcular cuánto daño se haría en caso de caerse. Se cogía fuerte con pies y manos como si eso fuera a ayudarla mucho... Siguió subiendo un poco más.

Estaba por la mitad cuando le pareció que ya era suficiente y comenzó su descenso hasta casi caer de culo... El ascenso de Susana fue más o menos como el suyo. Frida, sin embargo, siguió ascendiendo hasta el final. ¡Qué *crack*! Eran pocos los alumnos que lo conseguían, y la mayoría, chicos. Lucía no pudo evitar dar un aplauso; uno y no más, porque los brazos le dolían del esfuerzo....

Caminaron tranquilamente hacia los vestuarios con la sensación de haber ganado el premio final: habían terminado la clase sin lesiones y con los huesos enteros. A punto de llegar a la puerta, Susana chilló:

—¡Los vestuarios! ¡La ropa! ¡Marisa! —anunció en plan indio.

No se habían dado cuenta de que los compañeros habían llegado a los vestuarios antes que ellas. También Cruella. Lucía comprendió y miró a Frida: Marisa tenía vía libre para hacer lo que quisiera con su ropa.

—A correr —ordenó Frida con voz de ultratumba.

Aunque a ninguna le quedaban ya fuerzas de nada, se obligaron a hacerlo.

En los vestuarios, la mayoría de las chicas salía en dirección a clase para recoger sus cosas y marcharse al fin a casa. Lucía miró a un lado y a otro, no había ni rastro de Marisa. Tampoco sonaba ninguna ducha y su ropa seguía colgada tal como la había dejado ella. Intacta.

Libres de peligro, se cambiaron y se fueron a clase. Estaban agotadas.

Lucía quitó el candado de su taquilla satisfecha de que el día acabase sin incidentes. Sin embargo, al abrirla se quedó pálida. En su interior había algo que no esperaba, algo mucho peor que cualquier cosa que se hubiera atrevido a imaginar… Volvió la cabeza hacia Frida y Susana, paralizadas igual que ella. Las tres taquillas guardaban exactamente lo mismo: un papel en blanco con una única palabra escrita:

A primera vista infantil, ese papel desvelaba el grado de maldad que podía alcanzar Marisa. Sacó una foto con el móvil y se la mandó a Marta por el WhatsApp. Así vería por lo que les estaba haciendo pasar esa bruja.

—Será... —soltó Frida.

Las tres pensaban lo mismo. Con ese susto Marisa

les estaba diciendo mucho más de lo que parecía: que sabía que la temían, como también sabía que Bea les había contado lo de la trampa. ¿Y por qué? Pues porque todo, absolutamente todo, formaba parte de su perverso plan. Lucía se dio cuenta de que Marisa se había estado riendo de ellas todo lo que quería y más...

<u>LUCÍA:</u>
ké fuerte lo de Marisa…

<u>MARTA:</u>
¿???

<u>LUCÍA:</u>
xplica, Bea

<u>BEA:</u>
sta muy sola

<u>FRIDA:</u>
xrc ke sus padrs viajan siempre

<u>LUCÍA:</u>
xo l traen rgalos

<u>FRIDA:</u>
no m da ninguna pna

<u>LUCÍA:</u>
a mí tmpc!

<u>MARTA:</u>
chica complikda…

<u>LUCÍA:</u>
i ns complik la vida…

<u>FRIDA:</u>
ya no! L sábado recuperamos l tiempo!

<u>LUCÍA:</u>
prime concierto de Bea, dp ensayo a tope. Domingo: robllons abu, mmmmm…

<u>BEA:</u>
todavía tngo agujtas…

MARTA:
perfect!!!

LUCÍA:
domingo grabamos

BEA:
la kmra dl padr d Frida mola

FRIDA:
falta vr kien l dará kña…

MARTA:
¿??

LUCÍA:
xa q no sea zzzzzz… mjor, montaj chulo

MARTA:
stuvo Marcos?

FRIDA:
no

LUCÍA:
ya hablarás cn l

MARTA:
i Eric?

LUCÍA:
nada sigue nfrmo

BEA:
i l dl 8º?

MARTA:
hola, adiós, poco +…

LUCÍA:
pffffff, chicos! ZR4E!!

24
Cuestión de besos

La semana siguiente empezó con total normalidad. Lucía acabó por olvidar la amenaza que representaba Marisa después de pasarse varios días circulando por el colegio con ochenta ojos. Según los rumores, se pasaba ensayando con las Pitiminís todo el tiempo, igual que ellas. Así que cuando llegó el lunes, las chicas fueron olvidando la posibilidad de que tuviera planeado algo más trágico que aplastarlas en el concurso de *Bravo*.

Todo parecía ir viento en popa. Hasta la clase de sociales. Como era justo antes de comer, Lucía estaba pensando más en los huevos fritos que se comería que en el tema que estaban dando. Así que después de que no acertara la pregunta que le hizo la profe sobre las diferentes zonas climáticas de la Tierra, la obligó a pasar el recreo metida en el aula de estudio para repasar.

Con los huevos fritos todavía en la garganta, se preparó para cumplir su castigo. Solo de pensarlo le entraba un sueño terrible…

Sin embargo, cuando abrió la puerta del aula y se metió dentro, se le pasó de golpe: Eric estaba allí también. Se quedó petrificada con el pomo de la puerta en la mano.

—Cierra la puerta —le ordenó la profe que vigilaba.

Lucía obedeció. ¿Cuándo había vuelto Eric al colegio? No pensaba decirle nada, que hablara con su novia, si quería. Pero cuando se puso a buscar un pupitre libre se dio cuenta de que solo quedaba uno… y a su lado. No tuvo más remedio que pasar delante de él y sentarse cerca.

—Hola —le saludó él con cara de no haber roto un plato.

—Chissst —dijo en plan serpiente la profe.

Lucía le saludó sin mucho énfasis con la cabeza. Después abrió su libro de sociales y su libreta. Estaba leyendo la primera frase del tema, y de reojo vio como Eric la miraba a través de su melena rubia. ¿Cómo se iba a concentrar así en el estudio? Apoyó la cabeza en la mano para evitar mirarlo…

De pronto, oyó un murmullo pegado a su oído. Al levantar la vista, vio que estaba con los brazos plantados en su mesa. La profe había salido de clase y ella no se había dado ni cuenta.

—Lucía —le dijo Eric como si fuera a contarle un secreto.

Tenía la sensación de que nunca la había llamado directamente por su nombre, o que nunca lo había oído de esa manera. Pero no la iba a camelar tan fácilmente.

Ella le preguntó bordemente:

—¿Qué?

Lo observaba con el entrecejo fruncido, como hacía su madre cuando estaba súper enfadada. A ver si es que ahora ella tenía que estar con él como unas castañuelas. Él debió de comprender que algo no andaba bien, porque se la quedó mirando más pálido que las paredes.

—¿Qué quieres? —preguntó otra vez.

Eric abrió la boca como para hablar, después la volvió a cerrar. Al final consiguió decir unas palabras que sonaron a: «¿Te pasa algo?». A punto estuvo Lucía de ponerse a gritar, pero prefirió morderse la lengua. Literal. ¿Que si le pasaba algo? Notaba un calor que le subía por el cuello. De repente, sin pensárselo más, lo soltó todo:

—Tu novia me ha dejado bien claro que no puedo hablar contigo.

La cara de Eric era todo un poema: se puso rojo hasta las orejas y la boca se le quedó abierta de pasmo... Lucía esperaba que se disculpara, por lo menos.

—¿Qué novia? —preguntó él con un gesto que ya no era de espanto, y sí un poco más de enfado.

Ahora era Lucía la que se quedó con cara de besugo... Una vez hubo recuperado la voz, comenzó a explicarle lo sucedido con Marisa. A medida que escuchaba, él se iba poniendo de un color cada vez más morado... Lucía procuró hablar todo lo rápido que pudo, por si volvía la profesora al aula y la interrumpía a la mitad. Además, le estaba confesando su enfado con Marisa por habérselo ligado, que era lo mismo que decirle: «Mira, estoy loca por ti». Pero Eric parecía más preocupado por el chisme que porque ella le mostrara sus sentimientos.

—¿Qué es la enfermedad del beso? —quiso saber él.

Lucía se puso roja.

—Se contagia cuando... cuando te besan —le explicó como pudo.

Eric le contó que lo que le había retenido en casa tanto tiempo era una cosa llamada hepatitis, que le había puesto la piel de color amarillo, como los mejillones. Casi no había podido moverse de la cama, porque además era súper contagioso. ¡No había abierto ni el ordenador! Acababa de volver a clase esa tarde, y no había visto a nadie en todo ese tiempo; ni siquiera a sus amigos. Lucía flipaba con que nadie le hubiera puesto al día de los rumores, ¡aunque fuera por teléfono!

—Entonces ¿no hubo beso? —se le escapó. Ya, de perdidos al río...

—¿Con Marisa? ¡Qué asco!

Y entonces sonó el timbre.

Los alumnos del aula de estudio comenzaron a atropellarse en la salida. Eric se levantó también y los dos se dirigieron hacia la puerta.

Lucía se sentía la chica más feliz del colegio, y también —¿por qué no?— del mundo. ¡Tenía que contárselo a las chicas! Salió tan rápido del aula cuando vio un hueco que no se despidió de Eric. Ni cayó en la cuenta de que si todo había sido una farsa, él todavía tenía algo importante que decirle...

AMÉRICA
DEL
NORTE
EUROPA
ASIA
OCÉANO
ATLÁNTICO
ÁFRICA
OCÉANO
PACÍFICO
OCÉANO ÍNDICO
OCEANÍA
ANTÁRTIDA

25
Quien siembra vientos recoge tempestades...

Después de contárselo a las chicas, cuando Marisa pasó por delante de ellas para entrar en clase, Lucía no pudo resistirse...

—¿Qué?, ¿has hablado ya con tu novio? —le preguntó—. Espera, ¿qué novio? —se corrigió antes de estallar en risitas.

—La próxima vez, sé un poco más lista e invéntate uno fuera del colegio, anda —le sugirió Susana.

—Todo el mundo sabe que se pilla antes a un mentiroso que a un cojo —le dijo Frida.

Marisa las miró con esos ojos oscuros y afilados prometiéndoles un castigo voraz si no se callaban. Pero ¿cómo no iban a aprovechar esa oportunidad única?

Las seguidoras de Marisa estaban justo a su lado y la miraron como horrorizadas, con los ojos exageradamente abiertos y la boca dibujando una «o» perfecta. Lucía se preguntó si ellas conocerían la verdad o si también las tendría engañadas. Le hubiera gustado preguntárselo delante de ella para abochornarla pero el profesor de mates entró en clase y las mandó sentarse...

Vio cómo la pantalla de su móvil se iluminaba y al mirarlo se encontró con un mensaje de Susana en el Grupo Ganador del WhatsApp.

«MaRiSA Kra de PoKr .»

«Emos pillado su farol», la siguió Frida.

«JAJAJAJA», respondió Lucía animada.

«L daría 4 corts», se añadió Raquel desde su aula.

«¡Mi 2!», participó también Bea desde la suya.

El Papudo escogió nuevas víctimas que sacar a la pizarra. Parecía que su buena nota en el parcial que habían hecho hacía varios días le iba a dar un respiro. Lucía pudo dedicarse en cuerpo y alma a retransmitir a través del móvil su duelo con Marisa. Con cada risa o comentario, Marisa se hundía un poco más en su silla. En cuanto terminó la clase, salió escopeteada y faltó a la última hora del día. Pues sí que debía de estar avergonzada...

Esa tarde fueron al centro comercial a buscar ideas para el vestuario que llevarían para la grabación del vídeo del domingo. Después de varios pases de modelos en los probadores, resultó evidente que no se pondrían nunca de acuerdo con los gustos.

—¡Yo no me pongo eso ni muerta! —se quejó Frida de la falda que había seleccionado Lucía.

—Pues yo el amarillo canario, como que tampoco... —avisó Susana de la camiseta que había seleccionado Frida.

Al final, optaron porque cada una escogiera aquello que le sentara mejor. ¿Para qué complicarse?

De: Marta (lapoetisamarta@hotmail.com)

Para: Bea (doremi@hotmail.com), Frida (arribaFrida@hotmail.com), Lucía (let'sdance@hotmail.com)

Asunto: Gente interesante

Adjunto: vestuario.jpg

Guapísimaaaaaas:

¡Hoy he conocido a gente interesante! Resulta que no son todos tan insensibles como pensaba (a pesar del frío) ;) Son un chico y una chica de mi clase, Kellen y Viveka. Al acabar mates hoy me han propuesto que vaya con ellos y sus amigos este sábado a dar una vuelta. Él es súper fan de una banda inglesa que se llama Muse y vive cerca de mi casa, ella se conoce los nombres de todos los actores y actrices de la tele y es súper cariñosa. Los dos forman parte de un grupo de música que se llama The Big Ones. ¡Os mantengo informadas!

Miss u,

ZR4E

P. D.: Ya he empezado a dar vueltas a lo que me pondré, para no desentonar. ¿Qué opináis de esto?

26
¿Te llevo?

Era martes, así que esa tarde Lucía tenía clase en la academia de danza. Cuando salió para volver a casa se encontró con que estaba lloviendo a cántaros. Aunque llevaba en la mochila un paraguas violeta, entre el agua que caía y el aire, acabaría dándosele la vuelta en pleno paso de cebra... como si lo viera. Encima llevaba puestas las zapatillas rojas, y se le iban a empapar de camino a la parada del autobús. Por no contar con el riesgo que corría de pillar una pulmonía...

No quería llamar a su madre porque le recordaría todas las veces que le había dicho que la iba a recoger y que ella había rechazado. Su excusa: que ya era mayor para eso, podía volver a casa sola, gracias. Sin embargo, el diluvio universal quizá fuera una excepción.

De momento, decidió cerrar su paraguas y quedarse protegida por la cornisa del local de la academia. Quizá aclarase el cielo más tarde, a pesar del color gris espeso que tenía en ese momento... Sus compañeras fueron saliendo y despidiéndose de ella una tras otra.

Al final se quedó completamente sola en la puerta. Echó la vista arriba: los nubarrones seguían ahí, y parecía que iban a estar descargando agua durante los siguientes tres meses...

—Pffffff —resopló, un poco indignada con la situación. No le gustaba nada dar la razón a su madre…

Aun así, se mordió la lengua, cogió el móvil y la llamó. Probablemente estaría todavía en la agencia.

—Quédate veinte minutos dentro y no te muevas —dijo nada más coger la llamada.

Pero a Lucía no le apetecía volver dentro cuando ya había dicho adiós a todo el mundo. Además, ahora les tocaba clase a las mayores y le daba un poco de vergüenza sentarse ahí a ver lo bien que bailaban. Decidió entrar y quedarse en el vestíbulo para que su madre la viera salir de dentro y no le echara la bronca. A través de la puerta de cristal, veía perfectamente lo que ocurría fuera.

No habían pasado ni diez minutos cuando un coche paró justo delante y bajó una de sus ventanillas. Hizo como que miraba a otro sitio para no parecer cotilla. Pero… ¡ostras! Resultó que la cabeza que asomaba por la ventanilla del copiloto la llamaba a ella: ¡se trataba de Eric! No se lo podía creer...

Lucía salió del vestíbulo, abrió su paraguas y se acercó al coche sorteando los charcos.

—¿Te llevamos? —le preguntó.

Saludó a la madre de Eric y respondió:

—Estoy esperando a mi madre.

Cerró los puños para contenerse y no soltar lo que en realidad estaba pensando: de haber llegado un poco antes sí podría haber ido en el coche con él y contárselo a las chicas al día siguiente. Pero ahora… su madre ya estaba avisada.

—¿Seguro? —le volvió a preguntar.

Se tomó unos segundos para visualizar el castigo que recibiría si su madre llegaba y ella ya se había marchado… Optó por salvar su cuello, darle las gracias y despedirse. Le pareció ver un gesto de fastidio en su cara, aunque quizá lo imaginó. Lo cierto era que Eric había hecho un gran esfuerzo parándose ahí con el coche y su madre dentro, para hablar con ella…

Se quedó tan atontada viendo cómo Eric se alejaba a través del chaparrón que no cayó en que habían pasado los veinte minutos fijados por su madre.

Cuando oyó los gritos de María desde el coche, Lucía estaba en mitad de la acera, debajo de su paraguas aplastado por la lluvia y bastante empapada.

—¿No te había dicho que esperaras dentro? —la increpó en cuanto entró en el coche.

Tan distraída como estaba, Lucía no hacía más que sonreír.

—¿Qué te pasa? Parece que estés en Babia. Menuda edad tenemos, cualquiera os entiende... Hace un momento me llamas enfadada por el agua y ahora pareces la persona más feliz del mundo…

Mientras María hablaba sin parar sobre las malas edades, los conductores que iban pisando huevos al volante y que no la permitían avanzar a más de diez kilómetros por hora… Lucía se dedicó a pensar en Eric. Le quedaba genial ese pelo rubio medio mojado por la lluvia, y había estado tan cerca de ella, solo separado por la ventana medio bajada, y con sus ojos verdes casi irreales mirándola fijamente… Un escalofrío le recorrió la espalda. Desconocía si todavía tenía esa cosa tan importante que decirle, después de todo lo que había pasado. Por lo menos, parecía interesado en ella, y tampoco iba a presionarlo...

Inicio Perfil Mensajes Gente Videos Buscar subir fotos

Currywurst

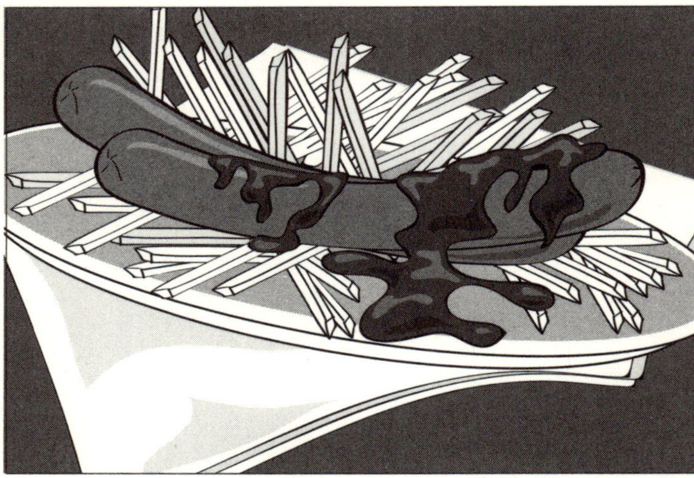

4 ME GUSTA

LUCÍA: tiene buena pinta

MARTA: toy harta de salchichas

FRIDA: t envío tortilla d' patatas?

MARTA: quierooo!!!!!!!

BEA: si vamos, t harms 1

FRIDA: si vamos? lrms seguro!!!!!!!!

LUCÍA: of course!!!! ZR4E al podr!!!!

27
Ya tenemos cámara

—Al final le he dicho a Marcos que nos ayude con la grabación —dijo Bea resoplando cuando acabaron el ensayo en el gimnasio.

Estaban a jueves y solo faltaban tres días para el domingo.

Todas la miraron y seguidamente dirigieron sus ojos a Frida, sin saber muy bien qué decir. Estaban empapadas de sudor después de haber repetido el baile treinta veces.

Como si no tuvieran bastante con los nervios por tenerlo todo preparado, ahora cabía la posibilidad de que Marcos estuviera presente en la grabación. ¡Un chico viéndolas bailar!

—¿Cómo dices? ¿Cómo se te ha ocurrido eso? —preguntó Frida con los ojos muy abiertos.

Frida argumentó la mala idea que le parecía aquello: ¿y si no hacía bien los pasos?, ¿y si se equivocaba? ¡ÉL LO VERÍA TODO!

—Yo se lo sugerí —confesó Susana—. Necesitamos ayuda y, además, así podrás hablar con él de una vez, Frida. —Retomó su idea de que Frida llevara a cabo su plan de las frases memorizadas. No le habían vuelto a ver desde que escogieron la canción y esa sería su oportunidad de demostrarle que no era ninguna niña pequeña.

—No sé, yo… —fue a quejarse Frida, pero Bea la interrumpió.

—Está estudiando para la selectividad y ha aceptado, así que ahora no pienso decirle que no. Hizo un vídeo para un proyecto de clase y sacó un sobresaliente... —explicó Bea.

El timbre sonó en plena discusión sobre si Marcos debía ayudarlas o debían pedírselo a un adulto. También entraron otras cuestiones como si se veía con alguna chica en vez de tanto «estudiar». Se quitaron el chándal y, de camino a clase, Bea juró y perjuró a Frida que todos los amigos que iban a buscarle eran chicos, y que la última chica que le había llamado a casa había sido, por lo menos, en verano.

28
Mala pata

Cuando llegaron a la puerta de su clase, se dieron cuenta de que estaba cerrada. MALA SEÑAL. Lucía deseó con todas sus fuerzas que se hubiera cerrado por un golpe de viento y no porque la Urraca estuviera ya dentro. Pero sí estaba, y tras su «el tiempo es oro» de rigor, les puso un negativo a cada una. Iría directo al lado de la balanza del PROFESOR PARTICULAR, pensó Lucía. Su madre le recordaba la amenaza cada dos por tres a pesar de que las últimas notas le estaban yendo la mar de bien. Cuando la veía repanchingada viendo una peli en la tele anunciaba, como si no fuera con ella:

—Creo que el vecino del quinto es un experto en matemáticas...

O cuando entraba en su habitación por sorpresa —mala manía la suya— y la pillaba chateando en el ordenador:

—Me han hablado de una academia de inglés que hace milagros...

Soltaba Lucía entonces la primera excusa que le venía a la cabeza: estaba descansando la vista, estaba repasando mentalmente, está todo aquí —señalándose la sien—… Y dejaba lo que estuviera haciendo para volver a sus libros.

Ya en su pupitre, estaba abriendo la libreta para revisar los últimos ejercicios. De pronto, oyó un estruendo y un grito de la profesora que casi hace estallar el cristal de las ventanas.

Al alzar la vista, Lucía vio cómo la Urraca se levantaba de un salto y corría en plan pantera hacia donde estaba Frida, en la otra punta de la clase. Ya consciente de lo que ocurría, Lucía hizo lo propio para volar hasta su amiga: Frida estaba tirada en el suelo, con el pie aplastado por una parte de la silla, que parecía haberse desmontado cayéndole encima. Todos los alumnos se acercaron para ver qué ocurría.

—¡Se le ve el hueso! —sonó la escandalosa voz de Toni.

—¡Cállate, Toni! —le aulló la Urraca.

Aunque no era verdad, la cosa pintaba bastante fea.

Frida era una persona lo que se dice dura: Lucía no recordaba haberla visto llorar casi nunca. Por ese motivo, cuando vio que los ojos de su amiga soltaban auténticos lagrimones, supo que algo estaba muy, pero que muy mal.

—Yo la ayudo —anunció Lucía cogiendo el brazo de Frida y ayudándola a ponerse en pie.

Susana se quedó encargada de la clase mientras ella y la Urraca acompañaban a Frida al botiquín, que estaba en la sala de profes. Frida arrugaba la nariz y la frente cada vez que se le movía el pie.

—¿Estás bien? —le preguntaba Lucía.

—Podría estar mejor... —respondía su amiga.

La sala estaba atiborrada de profes que cacareaban y bebían café. En cuanto las vieron llegar, ayudaron a Frida a sentarse en una silla, le quitaron el zapato y los leotardos: el pie derecho estaba como una bota y empezaba a ponerse de un color azulado oscuro. Podía ser que estuviera roto...

—Hay que llevarla a un hospital —anunció la Urraca.

—Yo me voy con ella —dijo Lucía sin pensarlo.

La Urraca, sin embargo, lo pensó más. Le ordenó que volviera a clase inmediatamente porque allí ya no pintaba nada. Iban a llamar a sus padres para que fueran directamente al hospital. El padre de Frida era pediatra y hablaría con los médicos.

Lucía intentó oponer resistencia, pero de nada le sirvió. Al final, prometió llamar a Frida esa tarde y regresó a clase como si llevara botas de plomo.

—Mira esto —le pidió Susana cuando llegó al aula.

Abrió la palma de la mano y le enseñó una pieza minúscula: un tornillo. Después se acercó a la silla de Frida y le enseñó el hueco del que había salido... Encajaba perfectamente. Revisaron los demás de la silla y vieron que todos estaban apretados con fuerza, todos menos uno, el que se había soltado. Lucía comprendió lo que eso significaba: no se había soltado, alguien lo había desatornillado.

—Aquí huele a premeditación... —soltó con la cabeza dándole mil vueltas.

Los alumnos estaban desbocados. Ninguno repasaba ni leía nada, todo lo contrario: sentados en las mesas hablaban a voz en grito sobre el fin de semana que se acercaba. Lucía y Susana se fueron a una esquina para comentar lo que acababan de descubrir: alguien había quitado ese tornillo a propósito para que Frida se cayera y se hiciera daño. Eso no era una broma, era un ataque directo...

—Quién... —fue a preguntar Lucía.

Pero no le hizo ninguna falta. ¿Quién había amenazado con atacar a cualquiera de ellas? Sus ojos se dirigieron directos hacia la que tenía que ser la culpable: Marisa; sentada sobre su mesa más sola que la una. Hacía un par de días que no se veía a sus seguidoras haciéndole el coro como de costumbre... Debió de percibir que la miraban porque se volvió lentamente hacia ellas, las miró... ¡y sonrió! Sonrió con una malicia que parecía casi de locura. A Lucía se le pusieron los pelos de punta.

—Ha sido ella —confirmó rotunda.

Escribió un WhatsApp en el Grupo Ganador. Raquel y Susana todavía no sabían nada:

«RUNION URGNT dp d clas».

Primero contestó Bea, que debía de estar más pendiente del móvil que de su clase:

«¿Ké a psado.........  ?».

Después lo hizo Raquel:

«??????????????».

Lucía consultó con Susana antes de escribir:

«Frida erida. Marisa atakdo».

De: Marta (lapoetisamarta@hotmail.com)

Para: Bea (doremi@hotmail.com), Frida (arribaFrida@hotmail.com), Lucía (let'sdance@hotmail.com)

Asunto: Re: Más bruja no se puede ser

Adjunto: getwell.jpg

¡¡¡Madre mía!!!

Frida, te mando esto a ver si te anima un poco. En mi clase también hay Pitiminís: tiran libros o bandejas del comedor al suelo, se ríen de ti si no aciertas una pregunta del profe... La líder se llama Arabelle, y haría muy buenas migas con Marisa, camina con los mismos aires de princesa. Como me inflen las narices les soltaré un par de insultos que Kellen y Viveka me han enseñado. Ayer estuvimos estudiando juntos en la biblioteca y después fuimos a comer una hamburguesa a un bar cerca del colegio. ¡Os caerían de maravilla!

Miss u,

ZR4E

29

¡Estamos acabadas!

Marisa había ganado. Frida iba a tener que pasarse las siguientes tres semanas con la pierna tiesa y no podría bailar para el concurso. Evidentemente, ya no daba tiempo a que otra candidata la sustituyera, y tampoco eso era una opción porque sin ella no valía la pena participar. NO, ya no podrían ver a Marta en Semana Santa...

Ese día, su padre había ido a buscarla a la escuela para que se quedara a dormir en su casa. En el coche también iban Lorena y Aitana, que todavía llevaba las mejillas pintadas de gato porque se había celebrado una fiesta de cumpleaños en su clase. Lucía se pasó el trayecto en el coche callada y la niña debió de verle la cara, porque no hizo ni el intento de jugar con ella.

Se había quedado con las ganas de ventilar la noticia de que Marisa era la culpable. Las chicas habían decidido no contárselo a la profesora. No tenían bastantes pruebas y, conociéndola, la Urraca hubiera dado la vuelta a la tortilla y las hubiera acabado acusando a ellas de vengativas o mala gente: ¡cómo se atrevían a culpar a una compañera de lo que en realidad era un trágico accidente! Como si lo viera...

Al llegar a casa, Lucía anunció que no tenía ganas de merendar y se fue directa a su habitación. Estuvo un rato intentando hacer deberes de inglés y al final decidió ponerse con los de plástica, que por lo menos le gustaban. Tenía que entregar un ejercicio de dibujo técnico al día siguiente. Cuando fue a coger la escuadra de su mochila se dio cuenta de que no estaba. Insultó su memoria de mosquito mientras vaciaba la mochila encima de la cama. Sacó hasta el último trozo de goma de borrar, pero ahí no había ninguna escuadra...

—¡Maldición! —gritó.

Salió de su cuarto y le preguntó a su padre dónde podía encontrar una escuadra. Él le dijo que subiera al trastero, en la buhardilla de la casa.

—¿Seguro? —le preguntó incrédula.

Lorena nunca le había dejado trastear por la casa. Menos aún allí, donde guardaban tantas cosas privadas.

—Quizá te cueste un poco encontrarla... —le advirtió él guiñándole un ojo.

No le importó. La idea de explorar una zona prohibida le levantó el ánimo. Tiró de la cadena para que bajara la trampilla y aparecieron las escaleras. Subió los escalones y encendió la única bombilla que había ahí colgada. Al iluminarse y ver aquel cuarto escondido, con todas las cajas apiñadas aquí y allá, el estómago comenzó a burbujear... ¡cuántas cosas!

Apartó un par de cajas y distinguió una con el cartel: «NO TIRAR». Decidió que guardaría cosas importantes y que empezar por ahí sería una buena idea. Cogió una manta de una estantería y la colocó en el suelo para evitar el polvo. En la caja habían discos de vinilo de grupos antiguos: Led Zeppelin, Guns n'Roses, Pixies... La apartó y abrió la que estaba al lado: ropa, libros destartalados, sombreros raros… La siguiente estaba llena de fotos. ¡Mucho mejor! Todas ellas tenían el color gastado. Reconoció a su padre en varias con unas pintas que era para verlo...

—¡Madre mía, qué pelos! —se le escapó al ver a David con una melena más larga que la suya.

Lucía se quedó patidifusa viendo a su padre vestido con un jersey a rayas tres tallas más grande que casi le tapaba las

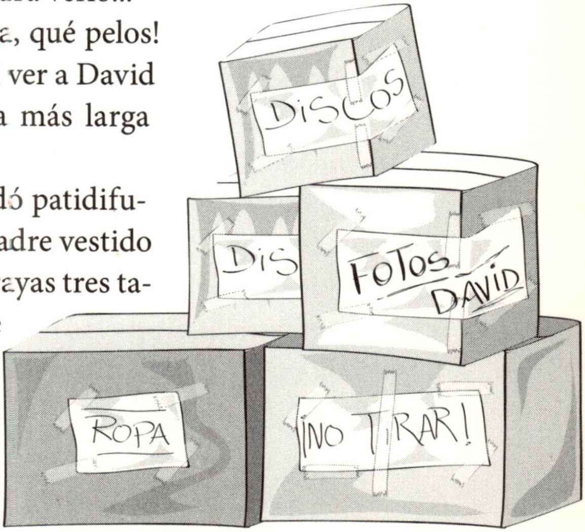

manos y unos tejanos rotos. En sus manos, una guitarra. Y frente a él, un micrófono. Estaba a punto de gritar que eso era imposible…

—¿Qué?, ¿has encontrado lo que buscabas?

La voz de su padre le hizo pegar un bote. ¡Por poco le provoca un infarto! Tan concentrada estaba que no le había oído subir las escaleras. Le explicó que, sin querer, buscando la escuadra, se había encontrado con esas fotos… No quería que le echara la bronca por ser cotilla. Pero a David no pareció importarle:

—¿Tenías un grupo de música?

—Sí, los Monkey Islands. Era un videojuego que nos gustaba mucho a todos.

Lucía apretó la boca para que no se le escapara lo cutre que le parecía el nombre.

—No sabía que tocabas la guitarra…

Su padre se fue a una esquina del trastero y apartó varias cajas. Volvió hacia Lucía con una funda a cuadros blancos y negros de lo que parecía una guitarra española.

—¿Todavía te acuerdas de cómo tocarla? —le preguntó desconfiada.

No quería que su padre se pusiese a desafinar ahora y tener que decirle que parara porque le hacían daño los oídos...

—Supongo que sí... —respondió él.

—Entonces, tócame algo. Haré de fan.

Su padre gruñó un poco, pero acabó sentándose encima de unas cajas con la guitarra apoyada en una pierna. Se la puso a un lado, luego al otro, como si no encontrara la posición… Después se tiró un rato girando las clavijas para afinarla.

—Ejem, me espera un trabajo de plástica… —protestó Lucía.

—Ya voy, impaciente.

Sonaron las primeras notas y... ¡sorpresa! Lo que tocaba sonaba muy bien. Lucía se quedó escuchando callada toda la canción.

—¡Bravooo! —soltó dando palmaditas cuando acabó.

—¡Por fin, una sonrisa! —exclamó su padre entonces—. ¿Me vas a contar qué te pasa?

—Es por Frida —respondió ella al fin.

Lucía le contó lo que le había pasado, pero no que Marisa fuera la culpable. Le aclaró que ya no podrían presentarse al concurso de *Bravo* porque ese domingo era la grabación y ya no había tiempo de nada. El plazo de entrega acababa el 7 de marzo y quedaba menos de una semana.

—Cuanto más grande es el obstáculo, mayor la gloria de haberlo superado —le dijo David.

—Ya estamos con tus frasecitas… ¿Qué quieres decir?

Su padre se rió ampliamente.

—Que confío en que se te ocurrirá algo.

David se puso de pie dispuesto a dejarla ya sola.

—No sé cómo... —dijo—. ¿Me enseñas un poco? —le preguntó entonces señalando la guitarra.

Su padre aceptó entusiasmado. Le entregó la guitarra y se la colocó sobre la pierna. Después comenzó a darle indicaciones.

—Con esta mano controlas los trastes y con esta las cuerdas —le explicaba paciente.

Lucía intentaba colocar bien las manos, pero no era nada fácil, más bien incómodo. Su padre le fue apretando los dedos sobre los trastes y después le pedía que acariciara las cuerdas con la mano derecha... Poco a poco empezó a sonar música de verdad. Casi sin darse cuenta, comenzó a seguir con la cabeza el ritmo. Era imposible no hacerlo.

De pronto... una idea fue tomando forma en la imaginación de Lucía. Daba la sensación de que la estuviera observando a través de un microscopio como los del laboratorio, porque cada vez lo veía con más claridad: ¿y si Frida aparecía en el vídeo del concurso sentada en un taburete en plan sexy haciendo que tocaba esa guitarra? Incluso podía hacer como que entonaba la canción de Justin, mientras las demás la bailaban a su alrededor en plan coro... Así ella participaría del baile sin necesidad de levantarse. Lucía dejó de tocar.

—Creo que tengo la solución —le dijo con una gran sonrisa a su padre.

30
Lo nunca visto

—¡Fabuloso!, ¿no?

—Eres una máquina, tía.

—Qué fuerte...

Esa mañana, cuando en la puerta de la escuela Lucía explicó a las chicas su plan, a todas les entusiasmó. ¡Claro que era una buena salida al marrón en el que estaban metidas!

Frida no fue a clase porque estaba dolorida. Según su padre, tendría que quedarse un par de días en casa para reposar y empezar a practicar con las muletas. Las chicas quedaron en que esa misma tarde irían a verla para que también ella estuviera enterada del plan.

El día se pasó rápido mientras dirigían toda su mala energía a Marisa, y se aseguraban de que la recibía. Susana se paseó por la mesa de la Pitiminí acusándola de criminal y canalla. En la puerta de la clase, Raquel tosió a su lado, enviándole alguna

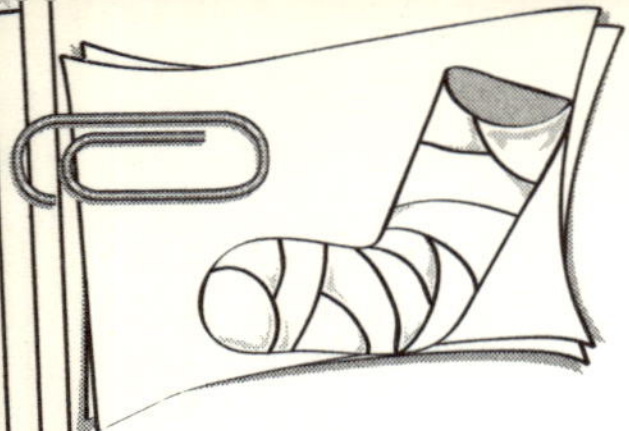

que otra bacteria a su bocadillo. Incluso Bea, la que nunca decía tacos, la había abordado en la puerta del lavabo para despreciar su persona. Para cuando llegaron el fin de las clases, Marisa no debía de tener ninguna duda de que todas sabían quién era la culpable del estado de Frida. Sin embargo, por alguna razón que no alcanzaban a entender, ella no respondió a ninguna ofensa. Algo de lo más insólito teniendo en cuenta su historial. Solo hacía que bajar la cabeza y tratar de ignorarlas.

—Cuánto amor...

La voz de Eric sonó al lado de Lucía justo cuando salía de clase. Lucía pensó que su corazón iba a salírsele de la boca, hasta que cayó en la cuenta de a qué se refería él: acababa de oír cómo llamaba a Marisa bruja despiadada.

—Marisa ha dejado coja a Frida —consiguió pronunciar al fin.

Le explicó brevemente lo ocurrido y Eric se quedó con cara escandalizada. Su mandíbula parecía no dar más de sí.

—Entonces ¿no habrá concurso? —le preguntó él.

Lucía notaba como se le doblaban las rodillas al ver como la miraba fijamente.

—Sí, bueno… —titubeó todavía buscando las palabras—. Ahora ya tenemos una solución.

—Ah, ¿sí? —le preguntó él con gran interés.

Lucía empezó a explicárselo, se hubiera quedado

charlando con él todo el día, pero llegaron las chicas y los interrumpieron de golpe y porrazo. Marisa estaba a punto de marcharse a casa y era el momento de dedicarle la última perla insultante del día. Así que se dejó arrastrar por ellas. Cuando estaba ya en las escaleras, se dio cuenta de que ni siquiera se había despedido de Eric...

Al llegar a casa de Frida, su amiga estaba sentada en el sofá con la pierna estirada sobre los cojines, con Ricky dormido justo a su lado y rodeada de caprichos. Dani iba y venía con un vaso de agua, un cojín, el mando de la tele...

—¿Habéis visto qué bien educado lo tengo? —susurró Frida. Después le echó para que la dejara a solas con sus amigas.

—Yo no consigo que mi hermanastra me deje ni el baño libre por las mañanas —se quejó Lucía.

Se sentaron todas alrededor de Frida.

—Qué mala pata tengo…

Cuando todas la miraron se quejó de que no podría jugar a vóley casi hasta la temporada siguiente.

—Además, tampoco podré bailar para el concurso, y eso sí que es una desgracia —anunció como si hubiera esperado hasta el último momento para confirmar ese hecho.

Lucía miró a sus compinches aguantando un poco la incógnita sobre las noticias que traían.

—Es lo que hay... —dijo sin poder evitar una sonrisa.

Las demás la imitaron sin querer.

—¿Estáis p'allá o qué? Hay mucho en juego... Marta...

La hicieron sufrir un poco más pero al final se lo contaron. Poco a poco se le fue iluminando la cara, y el agobio de hacía un momento se evaporó: si hubiera podido, se habría puesto a saltar.

—Oye, tía, para el viaje ya te habrán quitado el vendaje ese, ¿no? —la picó Raquel.

Si seguía con el pie tieso, tendrían que cargar con ella hasta el concierto en plan remolque y no podrían llegar al escenario para saludar a Justin. Aunque sí podrían utilizar su pierna tiesa como arma para llegar hasta el *backstage*. Todas se partían de la risa.

—Tranquilas, chicas, en tres semanas estará fuera. —Frida les guiñó un ojo—. Lo único que nos falta es ganar a las Pitiminís.

—Hay una mala noticia... Marisa te ha roto el pie —comunicó Lucía con tono sentencioso.

Le contó ante su sorpresa todo lo que Susana había descubierto.

Frida asintió con la cabeza.

—¿Ya está? ¿No berreas ni nada? —Lucía se había imaginado a su amiga saliendo por la ventana y volando hasta Marisa para darle un muletazo en toda la chepa.

—¿Para qué? De esta no me sorprende nada. Además, le ha salido el tiro por la culata...

De pronto sonó el timbre y Ricky se despertó convertido en un dóberman ladrando como loco. Frida le cogió para que se callara.

—Alguien más viene a verte —dijo su madre asomándose en la sala.

Las chicas se miraron extrañadas y cuando la madre de Frida anunció el nombre que anunció, todas se quedaron con las patas colgando. Ricky, más listo que los ratones colorados, se puso a ladrar más fuerte todavía: se trataba de Marisa.

Los cuchicheos fueron subiendo de volumen. Frida rogó a su madre que se inventara cualquier excusa con tal de que esa criatura diabólica no entrara en su casa:

—¡Dile que me he mudado!

Pero su madre le impidió hacer ese feo a una compañera de clase y le pidió que hiciera el favor de comportarse. Claro, como ella no tenía ni idea de lo que había hecho la muy bruja...

—Hola —saludó Marisa con una voz más baja de lo habitual.

Lucía solo tenía ganas de saltar sobre ella y darle bofetones. Al mirar a sus amigas se percató de que todas tenían la misma expresión de odio en sus caras.

—¿Has venido para asegurarte de que no me puedo mover? —le preguntó Frida.

Ricky se mantenía a su lado en plan guardián.

—No, solo venía a... disculparme.

—¿Y qué quieres, una medalla? —soltó Lucía.

Frida tampoco tardó en reaccionar:

—¿Dónde está escondida la cámara?

—¿Qué cámara? —preguntó Marisa sin comprender.

—Con la que me estás grabando la broma —insistió Frida mirando a un lado y a otro.

Marisa preguntó si podía sentarse en una silla y explicarle bien todo. Aunque ninguna le dio permiso, ella lo hizo igual.

—Lo siento mucho, Frida —soltó.

A partir de ahí, Lucía tuvo la sensación de que perdía el sentido.

—¿Por qué debería creerte? —preguntó Frida.

Marisa explicó que su intención solo era castigarlas un poco. Cuando descubrieron la movida con Eric, él había ido a pedirle explicaciones delante de todas sus amigas. Fue terrible la vergüenza que pasó. Gracias a eso, había perdido a muchas seguidoras. Ahora comprendían todas por qué el grupo de las Pitiminís se había visto menguado en los últimos días...

—¿Y qué pasa con el concurso? —le preguntó Susana—. ¿Seguro que no querías perjudicarnos?

—Bueno, sí, pero tampoco así. —Señaló el pie de Frida—. Una silla está pegada al suelo, ¿quién iba a pensar que...? —Marisa miraba con ojos temblorosos a las chicas.

Al final fue Frida la que cedió. A pesar de que era la más perjudicada, la que tenía una pierna pocha y el culo dolorido de estar sentada en un sofá.

—Estás perdonada —anunció, como si acabara de bendecirla.

Solo entonces Ricky se tumbó a su lado y se volvió a dormir.

—¡¿Qué?! —chilló Lucía.

Frida se encogió de hombros y Lucía comprendió que si Marisa se había tomado la molestia de ir a su casa a disculparse a riesgo de no salir de allí viva, era lo menos que podía hacer.

—¿Quieres una galleta? —le ofreció a Marisa como tregua.

Marisa aceptó aunque desconfiada. Bea le pasó la Fanta, Raquel le colgó el abrigo...

Pero tanta cordialidad era chocante para todas. Así que acordaron que debía tener fecha de caducidad: solo se llevarían bien a lo largo de esa tarde. Y nadie debía enterarse nunca.

—No saldrá de aquí —advirtió Frida alargando la mano.

Las demás fueron poniéndola encima para sellar el pacto.

Después, todas firmaron en el vendaje de Frida. Escribieron comentarios cariñosos que permanecerían ahí, a la vista, hasta que se la quitaran; todas menos Marisa, of course.

Inicio Perfil Mensajes Gente Videos Buscar subir fotos

Kellen m a nsñado a tokr l batría!!!

LUCÍA: ké tok su grupo?

MARTA: rock Viveka knta chachi

BEA: suena diver

MARTA:

FRIDA: llegast puntual?

MARTA: Yes!!!

FRIDA:

LUCÍA: al final cn falda?

MARTA:

BEA: leotards a juego?

MARTA: envío foto

FRIDA: Cool!

MARTA: Suert mñna con el vídeo!

LUCÍA:

BEA: Tamos todas = flans

MARTA: ZR4E 're the best!

31

Todas en sus puestos... ¡acción!

El domingo por la mañana fue de locura.

Frida y Lucía llegaron juntas y, al llamar al timbre de Bea, Marcos apareció en la puerta con su cara burlona. Lucía notó cómo su amiga le clavaba los dedos en el brazo.

—¿Cómo vas a bailar con el pie vendado? —le preguntó él.

—Sentada —respondió ella casi como un robot.

Marcos soltó una risa y se ofreció a ayudarla a subir a la buhardilla.

—Mi hermana ya está arriba con las otras —anunció.

Después cogió el brazo de Frida y lo apoyó en el suyo mientras ella saltaba a la pata coja escalón tras escalón. Lucía los seguía y se fijó en la boca apretada de su amiga. Confió en que encontrara el momento de poner en marcha su plan de frases memorizadas. Por el momento, se mantuvo tan muda como siempre.

Al ver la buhardilla todas chillaron emocionadas por lo bien que había quedado. Bea se había pasado la noche decorándola con CD colgando del techo. Además de despejar mejor la pista de baile, había incorporado el taburete sobre el que Frida haría su papel. Era uno alto, como de bar.

Mientras Marcos examinaba la cámara que Frida había llevado, Lucía las maquilló a todas un poco para

que aparecieran estupendas. Como le temblaba el pulso por los nervios, tuvo que retocar algún que otro ojo... Acabaron de ultimar sus *looks* con un pañuelo por aquí, unos pendientes por allí... Suerte que ya lo llevaban preparado.

Cuando creyeron que todo estaba a punto, Bea avisó a su hermano para que se pusiera en plan director:

—¡Todas a sus puestos! —gritó Marcos ya con la cámara en la mano.

Frida tenía su guitarra y las demás ya estaban colocadas en su sitio. Lucía notaba como le temblaba todo... Pensaba en que si a ella le daba vergüenza bailar delante de Marcos, no quería ni imaginar como estaba Frida. La miró y vio como su pierna buena temblaba a gran velocidad.

—¡Grabando! —gritó Marcos.

Inmediatamente, se encendió la luz roja de la cámara. A continuación, Marcos pulsó «Play» en el equipo de música.

Con las primeras notas de la guitarra de «All I Want is You», Frida empezó a balancearse sobre el taburete. Después comenzó el baile.

—¡Corten! —las interrumpió Marcos.

¿Qué narices estaba haciendo? ¿Por qué cortaba la grabación tan pronto? Las chicas se miraban sin comprender. Pero Marcos les explicó que era mejor que él empezara colocándose en la otra esquina de la buhardilla, al lado de Frida, para captar el inicio bien. Lucía percibió cómo Frida se estiraba en su sitio y hacía que miraba a otro lado para disimular los coloretes que acababan de salirle a pesar del maquillaje.

Volvieron todas a sus puestos y la grabación comenzó de nuevo. Los pasos fueron saliendo solos mientras Frida vocalizaba algo parecido a la letra de Justin. Todas se coordinaban bien, sueltas y sin titubeos. Y Marcos se movía por la sala de un lado a otro con la cámara en la mano. Se acercaba a una, se alejaba de otra, volvía adelante, atrás… Parecía que siguiera la canción también.

En el momento en el que el volumen empezó a disminuir para indicar el final, las chicas fueron poniéndose alrededor de Frida. Acabaron agachadas, dejándole todo el protagonismo a ella, que cantó las últimas notas en silencio sin dejar de mirar a cámara, o, lo que era lo mismo, a Marcos. ¡Urra por Frida!

Estaban todas recuperando el aliento cuando sonaron los primeros aplausos: Marcos asentía con la cabeza, bastante satisfecho.

—Vais a ser las próximas Selena Gómez —se rió.

—¡Ya puedes irte! ¡Gracias por tu colaboración! —le gritó Bea quitándole la cámara.

Entonces, Frida habló dejándolas a todas pasmadas:

—Sí, espero que la grabación esté a nuestra altura...

Lucía no se lo podía creer... ¡Al fin, Frida iba a llevar a cabo su plan! Sabía de sobra que por dentro estaba como un flan desnatado, pero ya le estaba preguntando a Marcos si le había gustado el baile. Él no dijo que no.

—Eres una comodona, ahí en el taburete... —bromeaba él.

—Bueno, es que la venda me pone difícil lo de dar piruetas —le seguía ella.

Las demás se dedicaron a recoger la decoración y los trastos que habían dejado tirados por la buhardilla mientras, de fondo, escuchaban las voces de Marcos y Frida: ella se hacía la interesante diciendo que la culpa de su esguince la tenía una jugadora de vóley un poco violenta y él le preguntaba por sus logros deportivos... Hasta que Marcos, haciendo gala de su caballerosidad, se ofreció para ir a buscarle una silla para que descansara. Frida aprovechó su ausencia para sonreír abiertamente a Lucía y a las demás. ¡Cuando volvió, casi las pilla levantando el puño al aire en plan triunfal!

Marcos la ayudó a sentarse dándole la mano y ella se puso colorada como cuando le daba el sol en verano y se le había olvidado ponerse el protector. Pero entonces su madre llamó a Marcos desde el piso de abajo para que cogiera el teléfono, rompiendo el hechizo de los dos tortolitos en un pispás.

—Nos vemos pronto —se despidió Marcos de Frida, que asintió otra vez muda.

El hermano mayor de Bea dedicó un «adiós» de refilón a las demás, como si fueran borrones en una pared. En cuanto hubo desaparecido escaleras abajo, todas saltaron encima de Frida para felicitarla.

—Estaba a punto de morirme... —confesó ella.

Incluso Bea, que era la hermana del afectado, le dio la enhorabuena. Nunca había visto a su hermano tan amable con nadie. ¡Era un milagro! Cogieron la cámara y reprodujeron en la minipantalla el baile para ver cómo había quedado. Todavía podían volver a repetirlo si hacía falta...

—¡Parecemos profesionales! —soltó Bea contentísima.

Los chillidos de todas significaba que no hacía falta repetir nada. Había quedado perfecto. Lucía les recordó que esa misma noche había que subir el vídeo a la web del concurso. ¡El plazo terminaba en solo dos días!

32

The last one...

Solo unos días después, tocaba celebrar el primer cumpleaños del año. El 9 de marzo, Susana cumplía los trece y coincidía con una excursión de todo el curso para ver unas ruinas romanas.

A la hora de comer, las chicas dieron la sorpresa a Susana: Lucía sacó de su mochila una tarta de chocolate un poco espachurrada y pusieron el número trece en velas. Cantaron el «Cumpleaños feliz» y todo el curso acabó por unirse a la celebración. Susana no hacía más que decir gracias y sonreír, se la veía bastante emocionada. No consiguió apagar las velas hasta el tercer intento. Aunque la tarta era pequeña y no había para todos, procuraron dar un trocito, o un par de migas, a cada uno.

—Gracias, Lucía —le dijo Eric, con sus migas en la mano.

—Dáselas a Susana, que es la cumpleañera —respondió ella para quitarle importancia.

Eric estaba guapísimo ese día sin el uniforme... No quería mirarle a la cara para que no se le subieran los colores.

—El tuyo es el trece de mayo, ¿verdad?

Lucía volvió de pronto a la realidad. ¿Había oído bien? Él debió de darse cuenta de su sobresalto y se justificó diciendo que se acordaba porque era el mismo día que el de su madre.

—¡Claro! —le dijo ella sin deshacerse de esas mariposas en el estómago que habían empezado a volar y no había quien las parara.

Pero entonces apareció Jaime, y las paró de sopetón.

—Vamos, chaval. Aprovechemos el rato libre para jugar al fútbol, te ha tocado mi equipo —le dijo cogiéndole del hombro.

Eric asintió y vaciló antes de echar a caminar. Se despidió de Lucía con media sonrisa y ella se quedó con las ganas de decirle que también sabía cuándo era su cumpleaños: el 20 de agosto, aunque fuera en pleno verano.

Aquella excursión fue el último respiro que les dieron los profesores. Después empezaron con el torbellino de trabajos, deberes y exámenes, más incluso que el resto de la evaluación, y ya no les dio tiempo de nada.

La Urraca aprovechó el lío para hacer tutorías a todos los alumnos de primero. También a Lucía, que la llamó para que fuera a hablar con ella a su despacho. Estaba preparada para un chaparrón de malas noticias, pero le sorprendió descubrir que la Urraca no veía su futuro nada negro. «Has mejorado. Sigue así», le reconoció dentro de su poca emoción. ¡IM-PRE-SIO-NAN-TE!

Con lo ocupadas que estaban, no importaba que estuviera a punto de empezar la primavera, y que el sol refulgiera en el cielo. Las chicas no tenían más remedio que pasarse los días con la cara metida en un libro.

Unas veces, lo hacían acompañadas, otras, solas. Casi siempre se encontraban en la buhardilla. Y, aunque merendaban, bailaban y a veces incluso cotilleaban, no había que olvidar que la amenaza del PROFESOR PARTICULAR continuaba existiendo para Lucía.

Pero ya estaban en la recta final, solo les faltaba un trabajo sobre la reproducción celular para terminar la segunda evaluación de ese curso. *The last one*... Ciencias naturales.

Esa tarde estaban solas Susana y Lucía en casa de su padre, dispuestas a finiquitarlo. Era lunes y solo quedaban cuatro días para que empezara Semana Santa, por lo que Lucía se distraía fácilmente: al día siguiente acababa el plazo de votaciones del concurso...

Había más de quinientos vídeos participando

pero, por imposible que pareciera, el de ellas había escalado posiciones día a día desde que lo colgaron. La verdad era que se habían currado una buena campaña de promoción: todos sus amigos, vecinos, familiares, porteros y fontaneros habían votado. No quedaba ningún conocido, aunque fuera de vista, al que no hubieran dado la lata. Así, ¡en la primera semana se plantaron entre los diez primeros puestos! Pero hacía tres días que estaban paradas en el número 3, que no habría estado nada mal... de no ser porque justo por encima de ellas estaban Marisa y las Pitiminís, que se habían vuelto a unir después de todo... Lucía se metía en la web cada dos por tres para comprobar si la cosa variaba, todavía quedaban esperanzas...

—Lucía, atenta —le echó la bronca la incansable Susana.

Había resultado ser una profe de lo más eficiente. No había excusas para ella, el estudio era sagrado. Por eso no sacaba buenas notas solo en mates, sino en todo.

Lucía estaba sentada en la cama haciendo una pulsera de hilos de colores azul y negro para ella, que no tenía ninguna.

—Si no me escuchas, suelto —la amenazó. Sentada en frente, ella le aguantaba el otro extremo de la pulsera mientras preparaban la presentación del trabajo de ciencias.

—Que sí te escuchoooooo —protestaba Lucía.

—Entonces explícame este gráfico —Susana señaló la cartulina que tenía delante.

Lucía respondió de memoria sin parar de hacer su pulsera. Satisfecha, Susana accedió a hacer una pausa apartando el montón de cartulinas temporalmente.

—¿Has vuelto a hablar con Eric? —le preguntó.

Lucía no esperaba esa pregunta para nada. Había ido tan estresada con las cosas del cole y los nervios por el concurso que no había tenido tiempo de perderse en las ensoñaciones. Sí que se cruzaban por los pasillos, pero casi siempre ella iba mirando un libro o ensayando una exposición oral, de modo que no se enteraba hasta que él ya estaba lejos...

—Probablemente ya ni se fije en mí —le dijo Lucía, volviendo a su pulsera.

—Pues a mí me han llegado noticias de otro tipo...

Primero se puso blanca, luego roja, y luego le rogó a Susana que se lo dijera o no podría concentrarse en el resto de la presentación y catearía el trabajo. Al final, Susana tuvo piedad y se lo contó:

—Me ha dicho Raquel que Jaime le ha confesado, que Eric quiere pedirte salir.

Lucía pegó un chillido y se tapó la cara con las manos. Después se puso a saltar nerviosa sobre la cama.

—¿Qué voy a hacer? ¡Qué nervios! Ayayayay…

Mientras, Susana se la miraba divertida. Al suelo fueron cayendo pulseras, libros, libretas, cartulinas y bolis, pero ella no podía parar. Hasta que sonaron unos golpes en la puerta.

—¿Todo bien? —quiso saber su padre.

—¡Sí, papá, todo *perfect*! —respondió ella.

En ese momento se coló en el cuarto Aitana, que fue directa a la cama. Lucía estaba tan contenta que no se lo impidió, ni le gritó, ni la echó de la habitación, sino que la ayudó a subir y las dos se pusieron a dar brincos sobre el colchón cogidas de las manos. Su padre las miraba desde la puerta y se reía sin parar. Pero al poco llegó Lorena, y acabó con la fiesta:

—¡Como te hagas daño, verás! —amenazó a Aitana, haciéndola bajar al suelo.

—Solo tiene seis años —la excusó Lucía.

—Pero tú no —le reprochó ella.

Cuando volvieron a estar solas, Susana recuperó el tema de Eric:

—Tienes que currártelo.

—Pero si sabe de sobra que me gusta... ¡Será que no se lo he demostrado! —Solo le faltaba gritar a los cuatro vientos que soñaba con él.

—Pues no tanto como crees...

Susana le explicó que, como casi no le había ni saludado en las últimas semanas, Eric creía que ya no le interesaba... y no tenía claro si pedirle salir.

—Pero ahora no te ralles —la tranquilizó Susana—. Eso ya lo arreglarás mañana. Ahora tenemos que acabar la presentación. —Y le señaló las cartulinas desparramadas por todo el suelo.

—Que Síííííííííí, cansinaaa. —Lucía alargó las palabras.

Obedeció y continuó presentando el trabajo en voz alta mientras acababa la pulsera. Se pasó el resto de la tarde evitando el reloj y la ventana, y también el móvil y el ordenador, del que de vez en cuando salían sonidos repetitivos procedentes del chat. Y ocultó lo mejor que pudo el hecho de que en su cabeza solo se repitiera una cosa: «Tienes que hablar con Eric, tienes que hablar con Eric»...

♡tienes que hablar con Eric♡♡tienes que hablar con Eric♡

De: Marta (lapoetisamarta@hotmail.com)

Para: Bea (doremi@hotmail.com), Frida (arribaFrida@hotmail.com), Lucía (let'sdance@hotmail.com)

Asunto: Ya queda poquito...

Adjunto: concierto.jpg

Chicaaasss:

Os envío muchas fuerzas para esta última semana de clase. Aich, qué ganas de que acabe y empiece Semana Santa... ¡Sobre todo, si vosotras estáis aquí!

Ya es 21 de marzo: ha empezado la primavera, nuestra estación favorita. Aquí sigue lloviendo sin parar... ¡espero que vosotras tengáis más suerte! Este fin de semana pasado fui a un concierto de The Big Ones.

 ¡Qué ganas de que os conozcáis!

Miss u,

ZR4E

33
Contando 3-2-1...

—Me siento como si ya fuera vacaciones... —dijo Bea al salir al pasillo después de acabar su último examen.

—Anda, flipada, si todavía quedan días para eso... —respondió Frida.

—¡Silencio, aguafiestas! —le echó la bronca Lucía.

Acababa de hacer su presentación de ciencias naturales y le había ido bastante bien. Así que estaba entusiasmada y no quería que nadie lo arruinara. Aun así, su cabeza estaba en mil sitios a la vez. No solo en que únicamente les quedaba ese día para ganar el concurso y que debían superar a las Pitiminís como fuera. También en Eric.

—¿Ya no hay nadie en tu clase? —le preguntó a Bea.

—No, he sido de las últimas, como siempre.

Lucía chasqueó la lengua. Miró a un lado y a otro, de puntillas. Entre la cantidad de alumnos que estaban celebrando escandalosos su libertad, no vio a Eric. Respiró hondo para calmar sus agitados nervios. «No pasa nada...», se repitió en silencio, esperaría a encontrárselo más tarde.

—¿Te pasa algo? —le preguntó Frida apoyada en sus muletas—. No sé quién agua la fiesta ahora...

—No, nada —mintió—. Solo quería hablar con Eric.

Le quitó importancia y se encaminaron hacia el patio. Frida estaba desesperada por que le quitaran el vendaje y decidieron que el sol primaveral la aliviaría un poco.

—Venga, nena, que solo quedan cuatro días —la animó Lucía palmeándole la espalda.

Aunque su padre le hubiera envuelto los soportes de las muletas con algodón, el plástico ese hacía callos como churros.

Habían comenzado a avanzar por el pasillo cuando se cruzaron con las Pitiminís y su reina en cabeza. Las miró de una en una, y de arriba abajo:

—Que os aproveche, perdedoras.

Por supuesto, la guerra entre ellas no había cambiado. Si acaso, se había intensificado: Marisa daba por hecho que iba a ganar el concurso, aunque todavía ocupara el segundo puesto.

—Y a ti, petarda —respondió Frida sin pestañear.

Marisa continuó caminando con su falda más mini que nunca, enseñando bien sus largas piernas. Con la primavera, los leotardos de lana azules habían dejado paso a las medias finas y la camisa blanca de manga larga a la de manga corta (en su caso, dos tallas más pequeña).

—Qué creída —protestó Bea.

—Cuando pierda el concurso ya no lo será tanto... —la siguió Frida.

Ninguna se atrevió a recordarle que, por el momento, tenía más posibilidades de ganarlo que ellas mismas. Pero no hizo falta, porque entendió sus miradas:

—Todavía queda un día entero, no seáis pesimistas.

Casi sin tiempo ni de tomar el sol, el riiiiiing del timbre les devolvió la pereza recordándoles que todavía quedaban varias horas de clase. Estaban ya todas de pie cuando otro ring (del teléfono) hizo que Frida se sobresaltara. Pidió que la sostuvieran un momento mientras respondía al móvil:

—Sí, ¿qué quieres? Ah, claro... vaya, ¡no!, ¿sí?, ¿en serio?, ¿cuándo?

Mientras Frida hablaba haciendo equilibrios, dejando la muleta, luego cogiéndola otra vez, con la pierna mala adelante, atrás, adelante... Las demás tenían que hacer verdaderos malabares para aguantarla. Empezaron a mirarla con cara desesperada.

—¿Te falta mucho? —le preguntó Lucía poniendo voz tensa.

—¡¡¡Síííí!!! —gritó Frida de pronto dejándolas casi sordas.

A punto estuvo Lucía de soltarla para taparse los oídos…

—¿Qué te pasa ahora, loca? —le preguntó.

Frida se removía en el sitio nerviosa con el teléfono todavía en la oreja. Hasta que no se pusieron firmes, su amiga no colgó:

—Era mi hermano. Ya sabéis que está enfermo en casa y eso… —Raquel hizo gestos para que no se anduviera por las ramas—. Ha habido un pequeño cambio en el orden de ganadores… —Frida cerró la boca sin soltar prenda todavía.

—¿Hemos subido al puesto número 2? —preguntó Bea.

Frida negó con la cabeza y sonrió. De repente, se hizo el silencio. Tenían los ojos como platos.

—¡¡¡ESTAMOS EN EL PUESTO NÚMERO 1!!!

Todas empezaron a chillar y a bailar a la vez. También Frida con sus muletas. Llegarían tarde a clase, pero valía la pena celebrar lo cerca que estaban de la victoria.

34
Una pulsera de colores

Se adelantó y corrió en busca de Eric. Todavía quedaban unas cuantas horas para que acabara el plazo de las votaciones, y el orden de ganadores podía variar… Pero Lucía ya notaba la emoción por el posible triunfo.

Ya en la puerta del aula, comprobó que él todavía no estaba dentro. Así que se apoyó en la pared a esperar valientemente a su chico; bueno, futuro chico, siendo más realista. No apartó los ojos del fondo del pasillo en ningún momento, no fuera a pasarle por delante sin que ella se diera cuenta. Tenía un plan casi infalible y todo estaba yendo tan bien ese día que era imposible que fracasara... Aun así, notaba como si el corazón fuera a salir corriendo por su cuenta en cualquier momento.

Frente a ella pasaron cabezas de todos los colores y formas, con pelos cortos, rubios, rizados, largos, castaños... Y Lucía ya no sabía cómo ponerse.

Se apoyaba de un lado, después del otro, cruzaba los brazos, los soltaba…. Vio como entraban las chicas y Jaime y sus otros amigos en sus respectivas clases. Cuando pensaba que Eric ya se había marchado a su casa después del último examen... apareció como si le iluminara uno de esos focos de cine. Destacaba por encima de todos, a pesar de que caminaba con la cabeza gacha y los hombros curvos, como siempre. La melena caía ágil sobre esa cara perfecta...

¡Qué guapo era!

Hasta que no estuvo casi pegado a ella, no la vio. Lucía se dio cuenta perfectamente, porque notó cómo se ponía tenso de pronto. Comenzó a colocarse con insistencia el pelo detrás de las orejas y a caminar mucho más lento... Al final se paró, ya sí, frente a ella.

—Hola —le dijo él apartando los ojos.

—Hola —respondió ella dedicándole una de sus mejores sonrisas.

—¿Esperas a Bea?

—No —confesó ella—. Quería darte esto.

Del bolsillo de la chaqueta, sacó una pulsera de hilo de color verde (el favorito de Eric) y violeta (el suyo). Él la cogió con los dedos como si fuera a romperse.

—Como te gustaron las mías… —le dijo. La había hecho esa misma noche.

Eric se quedó mirando la pulsera. Se notaba lo nervioso que estaba porque empezó a rascarse la barbilla, los ojos... Al final consiguió decir:

—Gracias. ¿Me la pones?

Lucía le cogió la muñeca. Solo esperaba que no se diera cuenta de cuánto le temblaban las manos. Era la primera vez que él estaba tan cerca, y que le rozaba la piel. ¿Y si le rascaba? Colocó la pulsera y se la ató preguntándole cómo la quería de prieta... Tampoco era cuestión de cortarle la circulación.

Estaba haciendo el tercer nudo cuando llegó el Papudo para dar comienzo a su clase. Se separó de Eric y él entró en el aula. Lucía no podía parar de sonreír.

LUCÍA:
¡¡¡¡¡¡¡Frida & Co. GANADORAS!!!!!!!

MARTA:
yujuuuuuuuuuuuuuuu

BEA:
todavía no m lo creo

FRIDA:
yo ya toy haciendo la maleta

LUCÍA:
jajajajajaja, no puedo xarar de reír!

MARTA:
akí os spero!

FRIDA:
mñna sabrms dtalls viaje

LUCÍA:
jajajajajajaja

BEA:
tndré ke bailar + a menudo…

MARTA:
ZR4E!!!!

35

Último día de clase

¡Bieeeeeeeeeeeeeen! —El grito de Lucía debió de resonar por todo el colegio.

Tenía tantas cosas que celebrar… Acababan de darle las notas de esa evaluación y lo había aprobado todo. También había sacado algún notable que dejaría sin palabras a su madre en cuanto lo viera… Además, y por si fuera poco, era viernes y, en solo dos días, cogería un avión con las chicas para irse a Berlín a ver a Marta porque...

EMPEZARÍAN LAS VACACIONES.

Aunque solo tenían ganas de celebrarlo, debían concentrarse en acabar de decorar el pasillo con pirámides de cartulina de la clase de plástica, tornos y ruedas de madera que habían hecho en el taller de tecno, incluso un camello de peluche que alguno había llevado en plan gracioso… En su parte del pasillo, todo primero se encontraba personificando a las distintas dinastías mesopotámicas en ese túnel de la historia antigua con una música de fondo a base de liras y arpas.

Todos andaban disfrazados, bastante ridículos, pero habían tenido suerte: los de segundo habían hecho un pasillo del cambio climático y a algunos les había tocado disfrazarse de «deforestación». Ellas, por lo menos, estaban graciosas, con sus túnicas y a lo Cleopatra, Atenea y compañía.

Como era el día de padres e hijos, esa tarde las familias visitarían los decorados. A nadie le hacía gracia: ¿había cosa más infantil? Lo único bueno era que acabarían con una merendola en el patio y se hincharían a chocolate y Coca-Cola.

Ya casi habían acabado con la decoración, solo quedaban unos pocos detalles. Pero cada vez que tenía oportunidad, Lucía se distraía mirando a Eric de reojo. ¡Estaba tan mono vestido de romano! No le había pasado inadvertido que llevara puesta la pulsera que ella le había regalado, y eso tenía que ser una buena señal. Sin embargo, seguía sin haber pasado nada...

A primera hora de la tarde, la madre de Lucía entró en el aula con José María, y fue directa a ella.

—¿Qué? —le preguntó. Sabía de sobra que ese día le daban las notas.

Lucía le entregó el sobre y su madre lo abrió en un movimiento rápido. A medida que sus ojos reseguían las líneas de cada asignatura, su cara se destensaba. Incluso había dejado de temblarle el labio. Ahora dibujaba una sonrisa auténtica.

—Sabía que lo conseguirías —se le ocurrió decir.

José María también le dio la enhorabuena.

Lucía entornó los ojos y permitió que la abrazaran un poco, aprovechando que Eric estaba de espaldas.

—Bueno, ya podéis seguir con la excursión —anunció Lucía.

Estaba deseando que su madre y José María se marcharan para poder seguir vigilando a Eric. Así que les explicó que tenían que ver el trozo de pasillo de los de tercero porque era una pasada. Prácticamente los arrastró hasta la puerta y se despidió.

Pero, justo después llegaron los padres de Frida, y después los de Bea... Raquel y Susana presentaron a los suyos también y, cuando quiso darse cuenta, ni Eric ni Jaime estaban ya en la clase. Esperaba verlos en la merienda...

Un fuerte empujón a su espalda le hizo volverse. Sabía bien de quién se trataba, porque un golpazo como ese no podía venir de ninguna otra persona... Marisa y su séquito estaban justo detrás de ella.

—¿Querías algo? —le preguntó Lucía sin miedo, inclinando su peluca de Cleopatra.

—Esa peluca no te favorece nada. Y deja de pegarte a mí, que pareces una lapa... ¡como si así se te fuera a pegar algo! —exclamó la líder moviendo su túnica de romana por encima de la rodilla, y las demás se rieron como hienas.

—Más bien sería al revés... Yo no soy la que va por ahí perdiendo concursos...

Marisa se encaró a ella empuñando su lanza de

goma. Las chicas rodearon a Lucía cogidas a sus escudos de guerreras y Frida se colocó delante, con muletas y todo. Le preguntó a Marisa:

—¿Molesto?

Marisa resopló y acabó marchándose a otro lado. Una vez más, se habían librado de ella.

Al poco llegó su padre con Lorena y Aitana. Lucía regaló a la pequeñaja la corona que llevaba

puesta y Aitana se pasó el rato siguiente diciendo que quería un camello para su cumpleaños.

Cuando avisaron los profesores de que ya estaba todo preparado en el patio, las chicas se encaminaron hacia el exterior.

Varias mesas colocadas en forma de «u» con platos de comida y botellas de refrescos daban al recreo un aspecto festivo. Los padres habían ido haciendo corros de conversación y los hijos estaban lo más alejados posible de ellos. Ya eran mayorcitos para ese tipo de eventos y no querían que les avergonzaran delante de sus amigos... Por suerte, María y José María estaban en una esquina, y David, Lorena y Aitana justo en la contraria. Así no había riesgo de choque de familias. Lucía distinguió a la madre de Eric también. Bastante más lejos, lo vio apoyado en un árbol charlando con sus amigos. Lo miró, él le devolvió la mirada y comenzó a acercársele.

—¿Qué tal las notas? —empezó a hablar intercalando la mirada entre ella y el suelo.

—Pues bastante bien, para mi sorpresa.

Eric sonrió y ella notó cómo se derretía. Le preguntó:

—¿Y las tuyas?

—Teniendo en cuenta que he faltado como un mes por la hepatitis, no demasiado mal...

A Lucía le iba el corazón a mil por hora y no le

llegaba el aire... Estaba segura de que ese era el momento que llevaba deseando cada día de los últimos tres meses. Tenía que disimular.

—Bueno, ahora puedo ayudarte con alguna asignatura si quieres… —se ofreció con voz bastante convincente.

—¿Sí? Vaya, gracias… —le dijo él. Después suspiró fuerte y—: ¿Puedo preguntarte una cosa?

Ahí estaba, al fin… La pregunta tan esperada. Lucía se arregló la melena pelirroja sacudiendo el cuello, y se concentró en que su cara no fuera de desesperada. Evitó mirar a su padre, que la observaba a lo lejos y la saludaba con la mano. ¡Qué pesado! Procuró que su voz no emitiera ningún gallo:

—¡Claro! —Casi lo consiguió.

—Ejem —carraspeó Eric antes de proseguir—: ¿Podrías ayudarme en plástica? Sé que eres la mejor y me gustaría…

Lucía dejó de escuchar a partir de «plástica». Se quedó mirando a Eric con la boca abierta, como si se le hubiera secado el cerebro. No tenía un espejo para mirarse, pero su piel también debía de haber sufrido la parálisis poniéndose más blanca que las tizas.

—¿Lucía? Que si no te va bien o no te apetece, no te preocupes, ¿eh? ¿Estás bien? —le preguntó él.

Ella solo fue capaz de decir que sí, y de asentir con la cabeza, que había empezado a darle vueltas. Después puso la excusa de que la estaban esperando y se alejó de Eric todo lo rápido que pudo.

MARTA:
os paso mapa d Berlín x privado... grand, eh?

FRIDA:
oh my god...

MARTA:
xo si os voy a buskr al aeropuerto!!!

BEA:
uff...

MARTA:
ns vmos n poks oritas

FRIDA:
no voy a pgar ojo...

LUCÍA:
yo llvo sin dormir dsd vierns

BEA:
tiens ke animart

FRIDA:
ke l dn a Eric... vamos a Berlín!!

LUCÍA:
s verdad

MARTA:
lo vamos a pasar genial! ZR4E

36
Berlín, ¡allá vamos!

El avión salía tempranísimo y Lucía no pegó ojo en toda la noche. Como era la primera vez que volaba, estaba deseando descubrir si se veía alguna de sus casas desde el cielo.

Su madre y José María la llevaron al aeropuerto y por poco no pudo facturar su maleta: su madre tuvo la maravillosa idea de ir por la Gran Vía justo en ese domingo que abría Ikea, y estaba tan petada de coches que llegó casi una hora tarde. Su padre, que también fue a despedirla, tuvo que morderse la lengua para no decir lo que pensaba. Literalmente.

Cuando llegó a donde estaban sus amigas, estas la miraron con cara de espanto.

—Pensábamos que no llegabas —la regañó Frida.

Lucía se alegró de ver que definitivamente le habían quitado la venda y las muletas. Caminaba algo más lenta y con tobillera, pero caminaba.

Cerca ya de la hora del embarque, todas se despidieron de sus padres. Excepto de la madre de Frida, que era la adulta responsable que las acompañaría esa semana.

Así, de primeras, a Lucía el avión le pareció una especie de autobús encogido con alas. No había tampoco mucho espacio… Al ocupar los asientos, invadieron una fila entera, de ventanilla a ventanilla.

Una azafata apareció al frente y comenzó a hacer lo típico de las películas con las manos y el chaleco salvavidas. Lucía era la única que escuchaba, no podía evitar los nervios del principiante.

También avisaron de que había que apagar los móviles. Cuando Lucía fue a coger el suyo, vio en la pantalla el simbolito de un sms. El número le era totalmente desconocido, pero al abrir el texto, solo se quedó con la última palabra: Eric…

—¿Qué? —se le escapó. No podía creer que acabara de recibir un mensaje de él.

El viernes, Lucía salió de la fiesta del colegio enfadadísima. Tanto que se había hecho una promesa: olvidar a Eric para siempre. Pero ahora tenía un sms suyo… ¿De dónde había sacado su número? Ella no se lo había dado.

—¿Qué te pasa? —le preguntó Frida a su lado dando la espalda a su madre.

Lucía se lo contó entre susurros, y juntas leyeron el sms. Era larguísimo y ponía exactamente (con todas las letras):

> El viernes no me atreví con toda la movida de los padres y eso, pero no quiero que te vayas a Berlín sin preguntártelo. ¿Cuando regreses te apetecerá quizá ir al cine o a dar una vuelta o a tomar una Coca-Cola conmigo, Lucía? Vaya, si te apetece y eso. Eric.

Los ojos de Lucía no daban crédito. Miró a Frida sin comprender nada. Frida la miró a ella asintiendo:

—Te está pidiendo salir —le susurró entonces al oído.

Lucía volvió a leer el mensaje para ver si eso era cierto. Cuando fue a decir algo, se le quedó encallado en la garganta. Estaba totalmente paralizada.

—Lucía... —Frida la cogió del brazo y la movió para asegurarse de que no se había convertido en estatua.

De pronto, salieron sus primeras palabras:

—Le gusto —dijo y cogió un poco más de aire—. Le gusto de verdad.

Tuvo que responder corriendo el mensaje con lo primero que le vino a la cabeza. Aunque tampoco necesitaba pensarlo mucho:

«¡Sí, saldré contigo! Lucía».

Apagó el móvil y se acomodó en su asiento con una sonrisa de oreja a oreja. Cuando el avión comenzó a moverse, cogió la mano de Frida. No por miedo, no era nada de eso… No creía que el despegue le provocara más hormigueo en la tripa del que ya tenía… Poco a poco, notó como la pista de aterrizaje se alejaba y ella ascendía y ascendía hasta alcanzar las nubes… Aquellas iban a ser las mejores vacaciones de toda su vida.

Flower Power

STAR

Agradecimientos

Ver esta novela acabada ha sido posible gracias a un importante trabajo en equipo. Tal como Lucía, Frida, Marta y Bea demuestran a lo largo de estas páginas, es muy importante formar parte de un equipo, tener a personas cerca que te motivan cuando los días están nublados y te felicitan en los más brillantes, porque lo compartido es... dos veces bueno.

Así que tengo que dar gracias a muchas personas y es posible que me deje a otras tantas porque mi despiste me empuja a ello, pero ellas ya me conocen demasiado bien como para que les sorprenda.

Empezaré por mi familia: mis padres, los que me han dado absolutamente todo para poder llegar hasta aquí. Todo buen hijo/a se ha peleado con su madre por tratarlo como a un crío/a, pero... mamá (jamás pensé que diría esto), gracias por hacerlo y también por ver más allá que yo. Papá, sigues estando con todos nosotros cada día.

Gracias a mi hermano, David, por inspirarme querer llegar tan lejos como él: con unos padres como tú y Laura, Eric se convertirá en un ser formidable. A mi abuela, Concha, por contarme cientos de cuentos a los pies de mi cama antes de dormir: tu imaginación espantaba todas mis pesadillas. A mis tíos, José Luis y Mari Carmen, por todos los veranos en Navacerrada rodeada de alegría y juego, recuerdos que siguen presentes en mi memoria. A Carmen y Félix, por seguir siendo jóvenes pasados los ochenta.

Juanjo, eres la persona más impresionante que he conocido nunca. Tengo que darte las gracias por tantas cosas... por prestarme tu oído, por motivarme en todo lo que emprendo, por quererme tanto... Uff, la lista sería inmensa.

Gracias a Alba (mi sobrina de 16 años), que tanto me ha ayudado a evocar una época que me quedaba ya algo lejana. Gracias a Mercedes, por haber criado a una hija tan increíble.

Minerva y Judith, amigas, habéis tenido un papel de lo más activo. Mil gracias por aconsejarme siempre para bien, dentro y fuera de esta novela. Cris, Júlia, Evelin, Iratxe, Tere, Nerea y demás amigas y amigos... todos sois fundamentales, porque formáis parte de mi historia y podríais ser cualquiera de los protagonistas de esta novela. Alberto, tus lecturas fueron de lo más valiosas.

Por supuesto, no puedo olvidarme tampoco del equipo de Montena, por darme esta bonita oportunidad. Gemma y Maria, habéis tenido mucha paciencia conmigo, con vuestros comentarios y lecturas... Habéis hecho un grandísimo trabajo, millones de gracias. Tampoco daré las gracias lo suficiente a otra editora de Random House Mondadori que me tuvo presente llegado el momento, Alix: nada de esto habría sido posible sin tu confianza.

¡Gracias a todos siempre!

A la venta en Noviembre 2015.

¿Ya los has leído todos?
¿A quién de las cuatro amigas te pareces más?
Descubre la página web www.elclubdelaszapatillasrojas.es
y diviértete haciendo el test de personalidad.